Niroz Malek

Der Spaziergänger von Aleppo

Miniaturen

Aus dem Arabischen von Larissa Bender

Weidle Verlag

Der Dialog des Spaziergängers

Nach dem Krachen einer heftigen Detonation, die alle Fenster meines Zimmers erbeben ließ, hörte ich auf zu schreiben. In Erwartung einer zweiten Detonation horchte ich eine Weile ... dann stand ich von meinem Tisch auf und fragte mich: »Wo mag die Bombe wohl explodiert sein?« Und gab sogleich die Antwort: »Offenbar ganz in der Nähe ...«

Ich ging in die Küche, blieb mitten im Raum stehen und fragte mich wieder: »Was hat dich jetzt in die Küche verschlagen? Willst du dir selbst beweisen, daß die Kämpfe nun in deiner Wohnung stattfinden?« Ich wußte keine Antwort. Beunruhigt kehrte ich in mein Zimmer zurück, um weiterzuschreiben. Da fragte sie: »Und? Willst du nicht wie die anderen Leute Dokumente und Habseligkeiten für die Flucht in deinen Koffer packen? Du unterscheidest dich doch nicht von all den anderen, die aus den Stadtvierteln fliehen, die bereits in Schutt und Asche gebombt wurden.«

Ich sah sie an und dachte über ihre Worte nach. Dann lächelte ich und erwiderte: »Glaubst du wirklich, daß ich meine Wohnung verlasse? Daß ich meinen Tisch zurücklasse, an dem ich gearbeitet und meine Geschichten und Romane geschrieben habe? An dem ich die Cover für meine Werke entwarf und Hunderte und Aberhunderte Bücher las?« Ich sagte zu ihr: »Ich werde meine Wohnung nicht verlassen. Was immer auch geschieht, ich werde nicht fortgehen.«

Sie lachte – trotz eines Anflugs von Sorge, der sich auf ihrem Gesicht abzeichnete – und sagte: »Alles, was du erwähnt hast, ist ersetzbar. Nur das Leben nicht ...«

»Von welchem Leben sprichst du?« fragte ich. »Sprichst du über die Tage, die vorbeizogen? Sprichst du darüber? Oder über jenes Leben, das ich in all diesen Büchern gelassen habe, die ich las? Und in all den Freundschaften, die ich schloß, nicht nur mit den Autoren, sondern auch mit den Protagonisten. Mit jenen Helden, mit denen ich viele Tage und manchmal sogar monatelang lebte ... Mit einigen habe ich gar mehr als ein Jahr lang meine Abende verbracht. Sag es mir!« erwiderte ich. »Wie soll ich mich von Nagib Machfus verabschieden, wie König Lear seinem Schicksal überlassen? Wie sollte ich nicht versuchen, Hamlet zu überreden, sein Zögern zu überwinden oder seine Philosophie aufzugeben, an die ich keinen einzigen Tag glaubte? Wie kann ich all die Gespräche mit Raskolnikoff über die göttliche Strafe und die Strafe der menschlichen Gesetze vergessen? Und diese kleinen Statuen von Puschkin und Gogol, diese Photographien von Tschechow und Hemingway, wer wird sie verteidigen? Und wer wird diese Schallplatten von Beethoven, Tschaikowsky und Rachmaninow vor der Zerstörung retten? Sag es mir!« rief ich. »Wie kann ich meine Wohnung verlassen, aus meinem Zimmer fortgehen?« Dann setzte ich, nachdem ich ein paarmal geschluckt hatte, hinzu: »Warum? Um meinen Körper zu retten? Du solltest wissen, daß das, was ich in diesem Raum zurücklasse, nicht nur Bücher und Antiquitäten und Photographien sind. Nein, ich lasse meine Seele zurück.« Schließlich erklärte ich: »Kann ein Körper ohne Seele leben? Aus diesem Grund werde ich meine Wohnung nicht verlassen: Weil ich meine Seele nicht in einen noch so großen Koffer stopfen kann. Meine Seele ist all das, was du in meinem Zimmer siehst ... Tausende Bücher. Hun-

derte Schallplatten, Zeichnungen, Gemälde und Photographien«. Ich sagte zu ihr: »Geh du, rette du dich. Aber ich
bleibe hier, in meiner Wohnung, solange meine Seele wei-
terlebt.«

Wertvolles Pfand

Ich weiß, daß meine Briefe Dich nicht erreichen. Dennoch schreibe ich Dir jeden Abend, um Dir zu sagen, wie sehr Du mir fehlst. Am nächsten Morgen lege ich den Brief wie ein wertvolles Pfand in die Hände des Briefträgers.

Der nimmt ihn behutsam entgegen und seufzt: »Bete für mich, daß der Scharfschütze, der die ganze Nacht seine Opfer gezählt hat, schläft, wenn ich am Checkpoint ankomme.«

Dann lächelt er und wiederholt: »Bete für mich!«

Ich sehe, wie er auf der Straße mit dem Fahrrad davonfährt. Er fährt immer weiter, bis er im Himmel verschwindet.

Kopfkissen

Ich habe mich im Traum gesehen. Ich gehe über eine schmale asphaltierte Straße, nicht breiter als einen Meter. Auf der rechten Seite ragt eine Mauer empor, über der hoch oben die Spitzen von Zypressen, Pappeln und Zedern zu sehen sind. Auf der linken Seite steht eine Wand aus schwarzem Qualm, und oben, wie seltsam, sehe ich Kühe fliegen, Esel laufen und Krokodile im Himmel schwimmen!

Ich erwache in Panik und finde mich auf der gleichen Straße wieder. Die Mauer zu meiner Rechten ist ebenso der Zerstörung zum Opfer gefallen wie die Städte, die ausgebrannten Dörfer und die zerfetzten Leichen. Zu meiner Linken liegen verendete Vögel und Tiere, deren Knochen von Hyänen und Hunden abgefressen werden. Die Straße, auf der ich laufe, endet in einem schwarzen Loch oder etwas Ähnlichem, in dem alles verschwindet.

Voller Entsetzen will ich wieder einschlafen. Ich ziehe mir die Decke über den Kopf und suche nach diesem Stück Meer und nach jenem leuchtend strahlenden Mond sowie nach dem hübschen Kind, das mir das Kopfkissen streitig macht und, genau wie ich, die Gnade des Schlafs sucht, der doch nicht kommen will.

Ich schrieb weiter: »Als ich nach Hause kam, bemerkte ich einen Aufruhr, vor der Tür hatte sich eine Menschentraube gebildet. Einige gingen hinein, andere kamen heraus. Die Gesichter waren von Trauer gezeichnet. Ich wunderte mich, als ich jemanden sagen hörte: ›Sie ist tot. Sie war ein Paradiesvogel.‹ So habe ich erfahren, daß meine kleine Schwester gestorben ist. Sie war nur zwei Tage krank.

Ich drehte mich um und ging fort, als ich plötzlich das schwache Weinen meiner Mutter durch die Tür dringen hörte. Ziellos lief ich durch die Straßen. Dann schlich ich mich ins Kino. Noch immer stand ich unter Schock. Während der Filmvorführung war ich mit meinen Gedanken woanders. In jenem Moment dachte ich nur an das Lachen meiner Schwester, die im Alter von drei Jahren entschlafen war.

Als ich das Kino verließ, konnte ich mich lediglich an das schmerzhaft traurige Ende des Films erinnern, in dem eine Liebesgeschichte zwischen einem Mann und einer Frau erzählt wurde. Ihre Fäden kreuzten sich durch die Briefe, die sie sich schrieben, ohne sich jemals getroffen zu haben. Am Ende des Schwarzweißfilms verebbte die Musik, dann sank absolute Stille auf die Leinwand, die allmählich dunkel wurde, bis sie so schwarz war wie Kajal, um schließlich durch das Geräusch weit entfernter Schüsse zu explodieren ...«

Ich hielt im Schreiben inne, als von weitem das Donnern eines Flugzeugs an mein Ohr drang. Mein Herz zog sich zusammen, ich fragte mich, wo wohl bombardiert würde.

Das Donnern näherte sich dem Viertel, in dem ich

wohne, dann drang es in mein Gebäude ein. In meinem Zimmer ausharrend, wurde ich taub, während überall Bomben fielen. Ich sah, wie die Papiere in meinen Händen Feuer fingen, dann griff das Feuer auf das Kleid meiner Mutter und das Leichentuch meiner Schwester und die kondolierenden Frauen über, die kurz darauf in die Höhe flogen, so daß sich ihre Körper überall verteilten ... Trotzdem flog das Flugzeug weiter und drehte seine Kreise im Himmel meines Zimmers und zwischen meinen Büchern, als suchte es nach mir, bevor es in den Fernseher hineinflog und mit den Kinderleichen im blauen Himmel schwebte.

Gewehr

»Kommst du auf die Straße zurück?« fragte er.

»Ja.«

»Mit deinem Gewehr?«

»Nein.«

»Werden sie verstehen, was du damit beabsichtigst?«

»Das ist unwichtig.«

Er stand da und betrachtete seinen Freund. Gemeinsam hatten sie zu den Waffen gegriffen, nachdem einer ihrer Freunde auf einer Demonstration für Freiheit durch eine Kugel in die Brust getötet worden war.

Er nahm das Gewehr von der Schulter und legte es beiseite. Dann wickelte er sich die Unabhängigkeitsfahne um den Leib und machte einen Schritt nach vorn.

Kaum hatte er die Schwelle des Gebäudes überschritten, da sauste von weitem eine Kugel heran und durchbohrte seine Stirn.

Er blieb stehen, dann drehte er sich um. Er sah nur einen Blutfleck, der die Wand hinter ihm rot gefärbt hatte. Dann stürzte er auf den Gehsteig und versank allmählich in seinem Blut, während er mit großen Augen in einen Himmel starrte, der noch nicht verschlossen war.

Zelt

Ich wunderte mich über meinen schwarzen Anzug im Kleiderschrank. Diesen Anzug hatte ich am Todestag meiner Mutter vor mehr als zwanzig Jahren mit einem weißen Hemd und einer schwarzen Krawatte getragen. Ich kann mich noch daran erinnern, daß ich ihn danach zusammen mit einigen Hemden und drei Paar Winterschuhen an eine Wohltätigkeitsorganisation gegeben habe.

Getrieben von dem starken Bedürfnis, ihn wieder anzuziehen, nahm ich den Anzug, ein weißes Hemd und eine schwarze Krawatte aus dem Schrank, zog Hemd und Hose an, band die Krawatte auf italienische Art, schlüpfte schließlich mit einer theatralischen Bewegung in das Jakkett und schloß die Knöpfe.

In aller Ruhe stieg ich die Treppe des Gebäudes hinunter, in dem ich wohne. Ich spürte, daß ich einem neuen Leben entgegenging, denn am Beginn des Hausflurs, der auf die Straße führt, vernahm ich eine traurig rauhe Stimme, die dazu aufforderte, das Gebet für den Getöteten zu sprechen.

Wer mochte der Getötete sein? fragte ich mich. Ich gelangte zum Hauseingang. Vor mir lag die Straße, und rechts stand auf dem Bürgersteig ein Trauerzelt. Das Totengebet murmelnd, ging ich darauf zu. Am Zelteingang grüßte ich die dort sitzenden Trauergäste, doch sie reagierten nicht, ja, sie schienen mein Eintreten gar nicht zu bemerken.

Sie unterhielten sich weiter mit gedämpften Stimmen, und als ich mich setzte, forderte Scheich Mukri erneut dazu auf, die Eröffnungssure des Korans für die Seele des Verstorbenen zu sprechen.

Als er meinen Namen nannte, wunderte ich mich nicht…

Juli

Ich sah, wie er sich zusammenriß und einen jungen Mann mit seinem Blick verfolgte, der nackt und trotz der Julihitze vor Kälte zitternd am Caféfenster vorbeiging und dann eintrat.

»Das ist der Sohn meiner Schwester«, hörte ich meinen Freund mit gebrochener Stimme sagen. »Er wurde vor einer Woche getötet. Und bis jetzt konnten wir mit seiner Leiche den Checkpoint nicht passieren, um ihn neben seinen Eltern im Familiengrab zu bestatten.«

Der junge Mann kam auf uns zu. Obwohl wir ihn einluden, einen Kaffee mit uns zu trinken, setzte er sich nicht. Er schlotterte und sagte in flehendem Ton: »Ich halte es im Kühlschrank des Krankenhauses nicht mehr aus. Es ist so kalt dort. Ich sterbe vor Kälte, Onkel ...«

Er wollte weitersprechen, doch er hatte einen Kloß im Hals. Da drehte er sich um und eilte zum Krankenhaus zurück.

Ich sah meinen Freund an. Er war starr wie eine Statue. Nur auf seinen Wangen hingen zwei blasse Tränen.

Checkpoint

Seine Tagesration an Brot, Gemüse und etwas Obst auf dem Arm, sah er auf dem Nachhauseweg unzählige Todesanzeigen an den Haustüren kleben. So viele Menschen waren in letzter Zeit gestorben! »Möge Gott uns beschützen«, sagte er zu sich selbst.

Er ging die letzten Schritte weiter bis zu dem Haus, in dem er wohnte. Auch an seiner Tür hing eine Todesanzeige, die schon älteren Datums zu sein schien. Er blieb stehen, um sie zu lesen, und als er fertig war, stellte er verwundert fest, daß er bereits seit etwa einem Monat tot war.

Traurig drehte er sich um und kehrte zum Friedhof zurück. Er wollte noch vor Sonnenuntergang dort ankommen, denn danach wäre der Checkpoint geschlossen. Dann müßte er die ganze Nacht wachbleiben und könnte erst am nächsten Morgen zu seinem Grab zurückkehren, um zu schlafen.

Schirm

Ich wunderte mich, als ich Ahmad Schukri in voller Winterausstattung erblickte. Dazu trug er einen schwarzen Schirm, um sich vor der Julihitze zu schützen!

Ich ging auf ihn zu und fragte ihn, ob er wisse, daß das Schwarz im Sommer die Hitze anziehe und die Glut der Sonne speichere?

Er antwortete nicht, sondern begnügte sich damit, sich um sich selbst zu drehen, als wolle er sich damit vergewissern, daß wir tatsächlich Sommer hatten. Da merkte ich, wie dumm meine Bemerkung gewesen war, denn mir fiel wieder ein, daß Ahmad im letzten Winter bei einer Studentendemonstration gestorben war. Er hatte genau jene Kleidung angehabt und einen Regenschirm bei sich getragen, als er getötet wurde. Ich senkte bedrückt den Kopf und sagte: »Verzeih mir! Ich habe vergessen, daß du so früh gestorben bist.«

Ahmad Schukri versuchte zu lächeln, doch es gelang ihm nicht. Er klappte seinen schwarzen Schirm zu und ging eilig davon, ohne mir zu sagen, wohin. Ich hatte vergessen, ihn danach zu fragen.

Nachbarn

Die Nachbarin fragte sie am Telefon, ob die Explosion bei ihr in der Nähe gewesen sei.

»Nein«, antwortete sie und fragte besorgt zurück: »War es bei euch?«

Die Nachbarin lachte ängstlich und entgegnete: »Nein«, und setzte dann hinzu: »Gott sei Dank!«

Sie seufzte und wollte schon den Hörer an seinen Platz zurücklegen, da leuchtete plötzlich ein riesiger Blitz vor ihren Augen auf, der sie wie eine brennende Welle aus Feuer, Staub und Hitze einhüllte. Unversehens wurde es Nacht. Doch die Nacht wurde schon bald wieder durch die Stimme der Nachbarin vertrieben, die vor Angst noch lauter durch den Hörer schrie und ihre Frage wiederholte, ob denn die neue Detonation in ihrer Nähe stattgefunden habe.

Sie antwortete nicht, denn die Sonne zersplitterte in ihren Augen, mit denen sie in einen Himmel starrte, der allmählich verging.

Don Quijote

Als er auf die Vermummten vor dem Checkpoint in der Nähe des Parktors blickte, hörte er ihn sagen: »Du bist wohl mit deinen Gedanken woanders!«

Er drehte sich zu seinem Freund um und nickte. »Ja, ich war ein wenig in Gedanken«, antwortete er. »Ich habe wie Don Quijote mein Pferd bestiegen; ein Reiter, der sein Schwert und sein Schild trägt und sich auf die Suche nach ...«

»Du hast bestimmt nach Dulcinea gesucht!« unterbrach ihn sein Freund lachend. Dann fuhr er spottend fort: »Und plötzlich hast du sie im Café gesehen, und sie trinkt Cappuccino mit dir!«

Er ging auf den Spott nicht ein: »Schon gut! Wie du willst ... Ich habe Dulcinea auf einem Bild gesehen, einem Schwarzweißfoto aus alten Zeiten ...«

Da unterbrach ihn sein Freund zum zweiten Mal: »Und als du das Foto umgedreht hast, hast du darauf den Satz ›Ich liebe dich‹ gelesen, geschrieben in einer weichen Frauenhandschrift. Nicht wahr?« Und er lachte.

Da entgegnete er mit einem kummervollen Lächeln: »So ungefähr. Und man kann noch hinzufügen: Auf dem Satz ›Ich liebe dich‹ waren rote Spuren eines Kusses zu sehen ...«

Sein Freund lachte wieder und fragte: »Und dann?«

Er antwortete nicht. Er setzte seine Geschichte fort, bevor sein Freund ihn wieder unterbrechen würde. Er rief Sancho und forderte ihn auf: »Reiche mir das Schwert und folge mir ...«

Dann bahnte er sich mit seinem Pferd Rosinante einen

Weg durch die Vermummten am Checkpoint und schlug nach rechts und tötete Dutzende von ihnen und neigte sich nach links und brachte Hunderte zu Fall ... Bis er sie alle erledigt hatte. Dann kehrte er ins Café zurück und setzte sich, um seinen Kaffee zu Ende zu trinken.

Wie das Leben

Ich stand mitten im Zimmer und blickte auf die dicht an dicht stehenden Bücher in der märchenhaften Bibliothek und dachte an all die Freunde und lieben Menschen, die ich in der Vergangenheit kennengelernt hatte, angefangen bei Don Quijote und endend bei Raskolnikoff ... Doch als ich auf die andere Seite trat, erinnerte ich mich an jene Bücher, in deren schöne magische Welt ich noch nicht eingedrungen war. Ich betrachtete die Gesichter von Thomas Mann, Hermann Hesse, José Saramago und Alejo Carpentier, ich betrat ihre Gärten, um mit ihren Helden auf Holzbänken zu sitzen, auf dem Gras und unter Bäumen. Wir beobachteten die Bauern und Arbeiter, die einfachen Menschen, die Kinder und die Frauen und die Alten ... alles, was auf das schöne Leben vor uns deutete, das wir noch nicht gelebt hatten.

Wir sprachen über den Schmerz und die Trauer, und voller Vertrauen auch über die Hoffnung ... Ich sprach auch über die Angst, die mir das Herz stocken läßt. Und ich sagte zu ihnen: »Ich fürchte, dieser wahnsinnige Krieg um mich herum katapultiert mich in eine Welt, von der man höchstens sagen kann, daß sie die Welt des Todes ist!«

Die weit Entfernte

Ich sagte zur weit Entfernten: »Ich muß auf jeden Fall an den Checkpoints vorbei, so sehr ich auch versuche, sie zu umgehen oder mich von ihnen fernzuhalten. Immer wird da noch ein neuer sein, der plötzlich vor mir auftaucht.« Dann fuhr ich fort: »Nachdem ich auf meinem Weg zum Café den fünften Checkpoint überwunden hatte, wurde schon der sechste vor mir errichtet.« Ich blieb stehen und betrachtete, was ich vor mir sah, und mir wurde schwer ums Herz. Ich bog in eine andere Straße ein, sie war schmal und voll trockener Blätter, die der Herbst von den Bäumen geweht hatte. Ich beschwerte mich bei der weit Entfernten: »Du bist immer zu spät. Komm her in die Ruhe hier, in diese angenehme Stille und zum Rascheln der Blätter unter den Füßen, das wie eine sanfte Musik aufsteigt und ...«

In dieser Atmosphäre hörte ich das Lachen der weit Entfernten. »Ich bin hier ...« sagte sie. »Entschuldige die Verspätung, mir machen die Checkpoints genauso zu schaffen wie dir.« Dann lehnte sie sich gegen mich, indem sie meinen linken Arm festhielt, und schmiegte sich wie eine Siamkatze an mich. Ich erinnere mich noch gut an unser Lachen, unsere Freude und die vielen Worte über die Liebe, die Sehnsucht und unsere Zwiegespräche ... Wir vergaßen auch nicht, über die Trauer zu sprechen, doch nur kurz und abgehackt, damit sie nicht von uns Besitz ergriff.

Von der Kreuzung zweier Seitenstraßen kam Geschrei. Wir sahen ein Auto, zwei Fahnen und vermummte militärgrüne Männer. Über ihnen erhob sich ein sinnloses Gebrüll in der Straße, als wollten sie in der Stille ihre Anwesenheit unter Beweis stellen!

Ich schloß die Augen und öffnete sie wieder. Die Szene war verschwunden, mit all ihren Details, dem Auto, den Fahnen, den Grüngekleideten und Vermummten ... Ihr Gebrüll verebbte, es kehrte wieder Stille ein. Ich wandte mich zur Seite und suchte nach meiner Entfernten, die weit entfernt war, nein, sehr, sehr weit entfernt.

Ich setzte meinen Weg durch die Stille allein fort, begleitet nur von den entzückenden Küssen, die sie mir auf den Hals und den Mund und vielleicht sogar auf die Schulter gedrückt hatte.

Ich kam zum Café. Es war leer. Nur die Tische und Stühle standen dort. Was war los? War ich in einem Gartenbild von Saad Yagan gelandet?

Ich blickte mich um, und da kam ganz gegen seine Gewohnheit der Kellner herbeigeeilt. »Mein Herr«, sagte er, »alle sind gekommen und haben sich hier hingesetzt, an Ihren Tisch. Aber offenbar hat sie alle eine schlechte Nachricht ereilt! Deshalb sind sie wieder aufgestanden und wortlos gegangen.«

Ich stutzte, und der Kellner lief zurück an seinen Platz. Als ich wieder hinsah, saßen alle meine Freunde am Tisch vor mir. Nur der Stuhl, auf dem ich gewöhnlich saß, war leer ...

Bustan al-Qasr

Ich rief einen Freund an und sagte ihm, ich würde ins Café gehen, nachdem ich drei Tage lang durch mein Zimmer auf und ab gewandert sei. Als ich das Gesicht vom Fernseher abwandte, fragte ich: »Was hältst du davon, wenn wir uns im Café Al-Nachil treffen?«

»Ich bin vor einer Stunde von dort weggelaufen, nachdem in der Nähe ein Checkpoint der Sicherheitskräfte errichtet wurde«, entgegnete mein Freund. »Bleib besser noch ein oder zwei Tage zu Hause! Geh lieber nicht raus! Und wenn du meinst, daß du das nicht aushältst, weil du dich wie im Hausarrest fühlst, dann suche dir einen Freund, der genau wie du sein Haus nicht verlassen kann, und beginne ein Gespräch – über irgend etwas – und wenn es über Einstein und seine Relativitätstheorie ist oder ...«

Der Sender *Al Jazeera* zog meine Aufmerksamkeit auf sich, als das Wort »Eilmeldung« auf dem roten Laufband erschien: »Ein neues Massaker des Regimes im Bustan-al-Qasr-Viertel.« Meine Hand am Hörer erschlaffte. »Es gab zahlreiche Opfer.« Er glitt mir aus der Hand und fiel auf den Boden. Die Stimme meines Freundes nahm ich nur noch als Rauschen wahr.

Brennholz

Es sah ganz normal aus: Eine Gruppe von Jungen sammelte in dem kleinen Park in der Nähe meiner Wohnung einige trockene Zweige vom Boden auf. Ich erinnere mich, daß ich eines Tages, ich weiß nicht unter welchen Umständen, in den Park ging. Ich lief an den Bäumen vorbei, obwohl ich über die durchfurchte rote Erde und die seit Jahren dort liegenden Haufen trockener Blätter stolperte.

Auf den Baumstämmen las ich Namen, Männer und Frauen hatten Herzen eingeritzt. Auch einige Worte junger Liebender standen dort, die von der Liebe enttäuscht waren: ihre eigenen Namen und die ihrer Angebeteten. Zwei oder drei Tage später sah ich, wie einige Jugendliche und Knaben hier und dort trockene Zweige von den Bäumen brachen. Ich war verwundert, doch als sich dasselbe in den nächsten Tagen wiederholte, beschloß ich, noch einmal in den kleinen Park zu gehen und mir die Sache aus der Nähe anzusehen ... und da erschrak ich über das, was ich sah!

Eine Gruppe von Männern, Frauen und Kindern stapelte die grünen Stämme der Bäume, der Zedern, Zypressen, Paternosterbäume, dann brachen sie sie in kleine Stücke, luden sie auf Karren und transportierten sie ... wohin?

Entsetzt ging ich zu ihnen und fragte, was sie da täten. Sie sahen elend, arm und bedürftig aus, und sie alle gaben etwa die gleiche Antwort: »Damit wärmen wir uns in diesem bitterkalten Winter. Dieser Winter ist wirklich unerträglich kalt.«

Ich protestierte vorsichtig: »Aber das sind grüne Bäume. Die liefern euch kein wärmendes Brennholz, sondern nur Qualm, der euch erblinden läßt!«

Die meisten scherten sich nicht um meine Worte. Nur ein oder zwei antworteten: »Das wissen wir, aber was sollen wir machen? Das ist alles, was wir haben. Wir haben keine andere Wahl. Unsere Kinder sterben schier vor Kälte. Es ist ein harter Winter, noch härter als der letzte.«

Dann gingen sie fort und zerstreuten sich zwischen den Bäumen des kleinen Parks. Sie zersägten die Stämme und machten Brennholz aus den Geschichten der Liebenden. Blut floß daraus, und heißer Qualm stieg von den Buchstaben ihrer Namen in die Höhe, um die übriggebliebenen Baumstämme zu bedecken.

Wasserbett

Nachdem ich den dringenden Wunsch verspürt hatte, in meine Kindheit zurückzukehren, schaltete ich den Fernseher aus. Ich zog einige bunte Blätter hervor und begann sie zu zerschneiden. Eine Stunde später hatte ich Panzer, Flugzeuge und Kanonen und ein Dutzend dunkelblaue Boote, eine kleine Wüste aus gelbem Sand und sechs Kinder ... und ich war das siebte. Wir fragten uns: »Und was sollen wir jetzt machen? Wir, die wir jetzt über all diese Waffen und Boote und diese sengende Wüste verfügen?«

Einige sagten: »Laßt uns mit den Waffen Krieg führen!« Andere meinten: »Laßt uns mit den Booten in eine andere Welt reisen.« Ich aber fragte: »Und was machen wir mit der Wüste?« Meine Frage überraschte sie, aber das frechste der Kinder antwortete: »Was haltet ihr davon, daraus Kleider für uns zu schneidern?« Alle außer mir stimmten zu. Ich wollte nicht, ich wollte lieber nackt bleiben als ein brandheißes Kleid aus Sand anziehen!

Die sechs Kinder lachten und wandten verlegen ihre Gesichter von mir, dem Nackten, ab. Ich ließ sie stehen und ging zum Meer, vielleicht würde ich ja dort ein Kleid finden ... Nach zwei Stunden erreichte ich den Strand, und schon kurze Zeit später überspülte das Wasser meine Füße. Ich blickte in die Ferne, zum Horizont, und spürte plötzlich, daß etwas meine Zehen berührte.

Ich richtete den Blick auf meine Füße. Da sah ich Jungen- und Mädchenkleider, die von den Wellen angeschwemmt worden waren, von weither offenbar, von den Stränden einer anderen Welt ...

»Und dann?« fragte ich mich irritiert. »Was möchtest du sagen?«

»Nichts.« Dann stand ich auf und schaltete den Fernseher wieder ein ...

Der Anblick war schrecklich. Ertrinkende Frauen und Kinder, mit denen die Wellen des Meeres spielten. Eine Welle spülte sie ans Ufer, eine andere trieb sie aufs Meer, als lägen sie auf einem Wasserbett.

Kuß

Kaum hatte ich mich an meinen Tisch gesetzt, fiel der Strom aus.

Als ich eine Kerze holen wollte, erinnerte ich mich, daß ich gestern nacht die letzte angezündet hatte. Also stieg ich die Treppe des Gebäudes hinunter und leuchtete mir dabei mit einer Taschenlampe. Sobald ich unten im Hausflur angelangt war, zog ich mit der Taschenlampe Kreise, um die Soldaten am Checkpoint darüber zu informieren, daß ich herauskäme. Sie sollten nicht überrascht sein und mir versehentlich Schaden zufügen.

Ich blieb vor der Haustür kurz stehen, dann trat ich ganz ruhig auf die Straße. Der Laden war nur ein paar Meter entfernt.

Ich schlüpfte hinein und grüßte. Der Ladenbesitzer lachte. »Sie brauchen bestimmt ein paar Kerzen!« sagte er. »Da sagen Sie die Wahrheit«, entgegnete ich. »Warum lösen Sie dieses Problem nicht anders als mit Kerzen, Herr Nachbar?« wollte er wissen.

»Das habe ich Ihnen doch schon erzählt, mein Freund«, antwortete ich.

Er reichte mir lachend ein paar Kerzen. »Wie Sie meinen!«

Nachdem ich dem Ladenbesitzer in höchster Lautstärke einen Abschiedsgruß zugerufen hatte, damit die Soldaten des Viertels über meine Rückkehr im Bilde wären, ging ich zurück. Kaum hatte ich mein Gebäude betreten, entdeckte ich zwei Schritte von mir entfernt im Schein meiner Taschenlampe ein Pärchen im Flur, das in einen Kuß vertieft war. Ich kannte die beiden und lachte in mich hinein. Der junge Mann hob die Hand, um sein Gesicht vor dem Schein der Taschenlampe zu schützen, der ihn erwischt hatte. Die junge Frau hingegen wandte ihr Gesicht zur Wand, um es vor mir zu verbergen. »Guten Abend ...« sagte ich, als ich an ihnen vorbeiging.

»Guten Abend, Onkel!« erwiderte der junge Mann, obwohl ihm die Situation peinlich war.

Ich verspürte ein gewisses Gefühl der Freude, als ich zu meiner Wohnung hochstieg. Und die Freude nahm zu und überwältigte mich, als mir klar wurde, daß das, was im Haus schon die Runde gemacht hatte über die Liebe von Sami und Widad, offenbar stimmte ... Vor meiner Wohnungstür holte ich tief Luft und öffnete sie hin zum Licht.

»Laßt sie in Ruhe, sie wird die Wohnung nicht verlassen«,
sagte Ghaitha.

Dann fuhr sie fort: »Sie liebten sich, seit sie im fünften Schuljahr waren. Sie liefen gemeinsam von der Schule
nach Hause, ohne sich um irgend etwas zu kümmern. Ohne
sie zu bemerken, gingen sie an den Menschen vorbei. Sie
waren vollkommen abgeschnitten von der Welt.

In der Mittelschule trennten sich ihre Wege. Er ging zur
Jungenschule, sie zur Mädchenschule. Aber sie blieben
einander verbunden und liefen weiterhin wie isoliert von
ihrer Umgebung herum. In der Oberschule jedoch«, setzte
Ghaitha fort, »machten sie lange Umwege, um sich den
Blicken der Familien und Verwandten zu entziehen und
sich an abgeschiedenen Orten zu treffen ... Die Universität
besuchten sie zusammen, und im vierten Jahr heirateten
sie. Sie machte zum Jahresende ihren Abschluß, er schloß
sich zu Beginn der Revolution einer Untergrundklinik an.
Kaum drei Monate nach ihrer Heirat wurde er verhaftet ...
Und seit jenem Tag ging sie nur noch selten aus dem Haus,
und wenn, dann nur, um sehr dringende Angelegenheiten
zu erledigen ... Und obwohl mehr als ein Jahr seit seiner
Verhaftung vergangen ist und niemand Nachricht von ihm
hat und niemand weiß, wo er eingekerkert ist, verläßt sie
die Wohnung nicht ... Sie fürchtet hinauszugehen, so sagte
sie mir, während er plötzlich entlassen wird. Sie fürchtet,
er könnte nach Hause kommen und die Tür verschlossen
finden, er, der doch keinen Wohnungsschlüssel hat.«

Ghaitha fügte hinzu: »Bei diesem Satz hört Manal immer auf zu sprechen, weil ihr die Tränen kommen.«

Und auch Ghaitha hörte an diesem Punkt zu sprechen auf. Sie hob mit Tränen in den Augen den Kopf und sagte: »Laßt sie in Ruhe, sie wird die Wohnung nicht verlassen.«

Detonation

Gestern abend, als es auf zehn Uhr zuging, ereignete sich eine gewaltige Explosion in der Nähe der Straße, in der ich wohne. In der Folge fiel der Strom aus, tiefe Dunkelheit breitete sich aus.

Ich schloß die Fenster, die sich durch den Druck der Detonation geöffnet hatten, und ging schlafen, weil ich eine gewisse Beklemmung verspürte und meine Augen schmerzten. Als ich einige Zeit später erwachte, war es noch immer stockfinster, also schlief ich weiter ... Ich erwachte ein zweites Mal, nachdem wieder einige Zeit vergangen war, eine lange Zeit, aber es war noch immer dunkel.

Ich war darüber verärgert, doch ich schlief wieder ein, und nach einer weiteren Zeitspanne, die mir sehr lang vorkam, hob ich meinen Kopf vom Kissen und glaubte, daß es Morgen geworden sei – oder geworden sein müßte. Doch noch immer war die Dunkelheit pechschwarz. Nur durch einen kleinen Fleck an der Decke, der aussah wie ein Loch, strahlte Licht ... Ich vernahm Stimmen, um mich herum bewegte sich etwas, auch über mir!

Ich wunderte mich, und ganz allmählich wurde ich gewahr, daß Leute versuchten, Trümmer und Schutt wegzuräumen ... Aber ich wußte nicht, ob sie das von mir wegräumten oder von anderen, die in der gleichen Situation waren wie ich!

Gewalt

Als ich an meinem Tisch saß, hörte ich plötzlich heftiges Schießen vom Checkpoint in der Nähe meiner Wohnung. Kurz darauf wurde auch an den anderen Checkpoints in unserem Viertel geschossen. Unwillkürlich ließ ich fallen, was ich in den Händen hielt: Es war der Stift, mit dem ich schreibe. Ich hastete zum Flur, um mich dort vor irregehenden Kugeln in Deckung zu bringen, und das Krachen von Granaten und anderen Waffengattungen, deren Namen ich nicht kenne, schwoll an.

Was war los? Ich wußte es nicht. Es waren nur Kugeln und Granaten, die in den Himmel geschossen wurden, als wollten sie die Sterne aus ihrer schwarzen Fläche schießen.

Nachdem ich die Hoffnung aufgegeben hatte, daß das Schießen enden würde, holte ich mir ein Glas Wasser und trank einen Schluck, dann kehrte ich an meinen Tisch zurück, um weiterzuschreiben: »Es tut mir leid, daß du in meinem Brief all diese verbale Gewalt findest ...«

Rückkehr

Er erklärte mir, was mir nicht verborgen war: »Seit meiner Rückkehr sind nur drei Tage vergangen. Gestern abend kam ich hier an.« Er drehte sich um, tastete die Gesichter der Cafégäste mit den Blicken ab und fuhr fort: »Sag mir, wo sind die anderen Männer?« Er wandte sich zu mir und wartete auf eine Antwort. »Sie sind in Gottes weiter Welt verstreut!« erwiderte ich.

»Wie das?« fragte er ohne Verwunderung.

»Unser Freund Mohammed Diab wurde auf dem Nachhauseweg von einem Splitter getötet ...« entgegnete ich.

Ich hielt plötzlich inne, als ich spürte, wie eine furchtbare Wut in mir aufstieg. »Sag mal, welche Dummheit hat dich eigentlich veranlaßt, aus Frankreich zurückzukommen?«

Er schaute mich verblüfft an. »Oh nein ...! Wenn gerade du so etwas sagst, dann heißt das, daß die Zerstörung das ganze Land erfaßt hat!«

Nach kurzem Schweigen entgegnete ich bedrückt: »Nicht das ganze Land, aber es ist auf dem besten Weg dahin.« Dann fügte ich hinzu: »Doktor Abdalkadir ist mit seiner Familie in die Türkei geflohen, nachdem sein Haus teilweise zerstört wurde und sein erstgeborener Sohn unter den Trümmern starb. Unser Freund Kamal hat sich einer Hilfsorganisation angeschlossen ... Auf jeden Fall ...« setzte ich fort, »Alle Bekannten und Freunde sind in den Hauptstädten dieser Welt verstreut und leben als Flüchtlinge, Exilierte, Fremde, Migranten ... Ganz abgesehen von denen, die auf unterschiedliche Arten und Weisen getötet wurden.«

34

Nach langem Schweigen fragte er: »Und du?«

Ich warf ihm einen vielsagenden Blick zu.

»O mein Gott!« rief er entsetzt aus. Dann drehte er sich zur Fensterscheibe des Cafés, starrte gedankenverloren hinaus und hüllte sich, wie ich, in Schweigen.

Veronese

Als ich mich nach rechts drehte, sah ich neben mir am
Tisch ein Mädchen aus Licht. Ein güldenes Kleid, einen
schokoladenbraunen Pullover, gedankenverloren, ihre
Umgebung und die anderen Gäste gar nicht wahrneh-
mend.

Mit ihren Fingern streichelte sie ein Mobiltelefon im
Grün Veroneses. Auch der Strauß weißer Blumen links neben ihr auf dem Tisch zog meinen Blick an.

Ich sah, wie sie das Telefon ans Ohr hielt und sich umdrehte. Dann schaute sie hinaus, als suche sie etwas. Ich
hörte sie sagen: »Ich komme. In ein paar Minuten bin ich
bei dir.«

Das Mädchen aus Licht huschte leichtfüßig hinaus, und
als sie das Café verlassen hatte und nur die Fensterscheibe
mich von ihr trennte, dachte ich: »O mein Gott, was für
eine Schönheit!«

Sie ging vorbei und beschleunigte ihren Schritt. Vor
dem Checkpoint aber zögerte sie. Sie blieb stehen und
blickte zu den Soldaten. Einer lachte laut. Er ging einen
Schritt auf sie zu, dann machte er wieder einen Schritt zurück. Schließlich ließ er ein häßliches Geräusch hören. Die
anderen Soldaten taten es ihm nach, dann lachten auch sie
und taten einen Schritt auf sie zu. Aber auch sie traten wieder zurück, lauthals lachend und grölend.

Die junge Frau geriet in Panik und wußte nicht, wie sie
sich verhalten sollte. Schließlich begann sie so schnell zu
laufen, wie sie nur konnte.

Ich schaute ihr hinterher, bis sie hinter der Parkmauer
verschwunden war. Der Strauß weißer Blumen lag auf dem

36

Asphalt, er war ihr aus der Hand gefallen. Ich beobachtete, wie die Blumen eine nach der anderen von Autoreifen zerdrückt wurden ... Die Soldaten hingegen kehrten wieder hinter den Checkpoint zurück und hockten nun wie Statuen mit leeren Augen da.

Null

Das geschieht nur im Krieg.

Eine Straße, beidseits der Gehsteige einige Gebäude, jedes Gebäude aus mehreren Stockwerken bestehend. Die einzelnen Gebäude werden nur durch eine schmale Gasse getrennt. Am ersten Gebäude hängt der Rest eines Balkons, der durch eine verirrte Granate zerstört wurde! Stellen Sie sich das einmal vor! Wie kann sich denn eine Granate verirren?

Ein Stockwerk ist leer, nachdem die Bewohner die Flucht ergriffen haben; wie Millionen andere, die innerhalb des Landes auf der Flucht sind oder ins Ausland flohen.

Etwas, das auch nur im Krieg geschehen kann, ist, wenn man in der Nähe des zerstörten Balkons ein Trauerzelt für einen kaum zehnjährigen Jungen entdeckt. Er war auf dem Nachhauseweg und hatte die Brotration für einen Tag bei sich, als ein Scharfschütze ihn aus einer Entfernung von einigen Kilometern ohne jeden Grund erschoß, einfach nur, um zu töten.

Ich ging an dem Trauerzelt vorbei, wollte eintreten, doch ich konnte nicht, mein Herz wollte mir nicht gehorchen. Ich hatte das Gefühl, eine Null zu sein, ein Nichts, weil ich unfähig war, etwas zu tun, um den Menschen zu helfen, die mit oder ohne Grund getötet werden.

Ja, so etwas kann nur geschehen, weil Krieg ist, denn am gleichen Tag war ich zu einer kleinen Hochzeitsparty eingeladen, deren Gäste nur aus den Eltern und der Familie der Brautleute bestanden. Es war die Hochzeit eines jungen Mannes, der ein Ende dieses Krieges herbeisehnte, um sein Mädchen zu heiraten, das er über alles liebte.

Ja, so etwas kann nur im Krieg geschehen! Ein zerstörter Balkon an der Ostseite des Gebäudes, ein Trauerzelt vor seiner Westseite und eine kleine Hochzeit, die sich auf die Eltern und die Familienangehörigen beschränkt, sowie zwei Brautleute, die ihre Hochzeit ohne Gesang und Tanz und Freude feiern ... Dieses Gebäude mit seinen drei Seiten liegt jenem Gebäude gegenüber, in dem ich wohne.

Ja, das geschieht nur im Krieg.

Die Details des Lebens

In diesem Brief werde ich der Bitte aus Deinem letzten Brief nachkommen und darüber berichten, wie es mir geht, mein Freund.

Nachdem ich heute mein Gehalt am Bankschalter abgeholt hatte, ging ich wie üblich zum Nachil-Café und kam dabei am Dschabiri-Platz vorbei. Kaum war ich dort angekommen, rissen die Erinnerungen mich mit sich. Ich mußte an meinen Vater denken, der mich, als ich klein war, jedes Jahr zur Militärparade hierher mitgenommen hatte. Damals dachte ich nicht darüber nach, warum mein Vater ausgerechnet mich auswählte statt einen meiner Brüder, um die Vorführung zu sehen. Als ich älter war, fragte ich ihn nach dem Grund. »Hast du vergessen, daß du am Unabhängigkeitstag geboren wurdest?« antwortete er.

In jenen Tagen ging ich häufig zu dem Platz, um von dort mit der Straßenbahn zur Endhaltestelle an der Zitadelle zu fahren. Dort wollte ich mir die Häuser des alten Khandaq-Viertels, des Bab-al-Nasr-Viertels und des Bab-al-Hadid-Viertels und das alte Serail anschauen.

Wahrscheinlich sind die erfreulichsten Erinnerungen jene an den Tag, als ich einmal mit Manal aus dem Park kam. Es fiel ein Frühjahrsregen, der als Nieseln einsetzte und schließlich zu einem Wolkenbruch wurde. Gemächlich überquerten wir den Platz, weiterhin in unser Gespräch über die Liebe vertieft, während die Menschen um uns herum in alle Richtungen vor dem Regen Reißaus nahmen.

Plötzlich blieb ein junger Mann vor uns stehen. Er bedeckte seinen Kopf mit einer Zeitung und fragte, ob wir den Schirm benötigten, den ich unaufgespannt dabeihatte. »Natürlich brauchen wir ihn«, erwiderte ich lachend. Ich weiß noch gut, wie er vor Scham errötete.

Das Bild von dem Platz, auf dem es von Menschen jeden Alters nur so wimmelte, wurde durch die Frühlingsfarben der Kleider der Kinder, die dort herumliefen und spielten, bunt gefärbt. Die Frauen hatten sich herausgeputzt wie für eine Hochzeit und saßen auf den seitlichen Bänken, die Männer kauften Eis und gekochte und geröstete Maiskolben. Und ich saß im Dschuha-Café, das auf den Platz blickte.

Daran erinnerte ich mich, als ich mich dem Platz näherte, der leer war bis auf die Vermummten an den Checkpoints, die ihn säumten. Ich verlangsamte meine Schritte ein wenig, dann blieb ich stehen und blickte zur Statue von Saadallah al-Dschabiri. Ich hörte das Schweigen, das dort herrschte, die Angst, die ihn verfolgte, und den Haß, der ihn umgab. Ich erblickte plötzlich Hände über seinem Kopf, die mir drohend zuwinkten, dann hörte ich das Sirren eines Schusses, der sich über meinem Kopf einen Weg durch den Himmel bahnte ... Ich hörte jemanden, zumindest schien es mir so, wütend schreien: »Bist du taub? Hörst du nicht? Es ist verboten, auf dem Platz stehenzubleiben!«

Ich drehte mich um, denn ich dachte, er spräche mit jemand anderem ... Doch da war niemand außer mir! Ich spürte eine Hand, die mich am Oberarm packte, und eine Stimme sagte: »Herr Niroz! Was ist mit Ihnen? Man darf hier nicht stehenbleiben.«

Ich schaute zu dem Sprecher und erkannte einen Freund, der mit mir zusammenarbeitete. Auch er war ge-

kommen, um sein Gehalt abzuholen. »Verboten? Warum?«
fragte ich geistesabwesend.

Dann gingen wir gemeinsam los, um den Platz herum,
und bis wir zum Café gelangten, sprachen wir darüber,
was aus unserem Leben geworden war.

So steht es um mich. Ich möchte Dich bitten, aus dem
Ende meines Briefes den Anfang Deines nächsten zu ma-
chen. Ich möchte, daß Du mir über Deine Situation und die
Details Deines täglichen Lebens berichtest.

Bleibe mir erhalten, mein Freund.

Der Dschabiri-Platz

Nach einem zweitägigen Streik verließ ich die Wohnung. Ich hatte mich in mein Zimmer verkrochen und entweder ferngesehen oder auf den Laptop gestarrt, mal in dem Wunsch, mich daranzusetzen, mal, um davor zu fliehen. Der Grund, warum ich mich geweigert hatte, das Haus zu verlassen, war eine Explosion am Dschabiri-Platz, die Dschuha das Leben gekostet und Al-Thaqafa zerstört hatte, zwei Cafés, in denen wir immer gesessen, Kaffee getrunken und einfach nur geplaudert hatten.

Ich ging ganz gemächlich, und kaum hatte ich die Zuhur-Straße überquert, in der ich wohne, begann ich, die Dinge um mich herum zu betrachten ... Es waren nur wenige Menschen unterwegs, ihnen saß die Angst im Nacken, ihre Blicke drückten Geistesabwesenheit und Panik aus. Und der Tod ging mal ganz nahe an ihnen vorbei, mal ein paar Meter entfernt.

Ich kam zur Tischreen-Brücke und wandte mich zum Bagdadbahnhof-Viertel. Die Geschäfte waren geschlossen, doch auf den Bürgersteigen wurden Gemüse, Elektroartikel, billige Schuhe und Winterkleidung verkauft. Vor der Parkmauer versuchte ich meinen Blick nicht zu den Bäumen zu lenken, damit mich die Erinnerungen nicht zurückversetzten in die Zeit, als ich über die Wege geschlendert war, einen Zeichenblock für meine Skizzen unter dem Arm oder in Begleitung ein paar junger Damen ... in meinen Jugendtagen natürlich.

Ich kam zum Ugharit-Kino, das schon lange geschlossen ist, und erinnerte mich an die schönen alten Filme, die ich dort auf der Silberleinwand gesehen hatte ... Dann setzte ich meinen Weg fort und kam am Sultan-Café vorbei, in dem heute billige Klamotten verkauft werden. Schließlich gelangte ich zum Qasr-Café, das heute eine Geldwechselstube ist.

Und nun näherte ich mich dem Dschabiri-Platz. Die Angst kroch mir ins Herz, und ich fragte mich, in welchem Zustand ich ihn wohl jetzt wiedersehen würde.

Dieser Platz war seit Jahren ein Teil von mir, seit mein Vater mich als Kind dorthin mitgenommen hatte, um der Parade zum Unabhängigkeitstag beizuwohnen, die vor dem Putsch vom 8. März 1963 jedes Jahr dort abgehalten wurde. Ich weiß noch genau, daß mein Vater mich, wenn die Vorführung begann, auf seine Schultern hob, und wie überglücklich ich war, weil ich über alle Anwesenden hinausragte. Ich verfolgte, wie die bewaffneten Militäreinheiten vor der militärischen und der zivilen Führung in dem großen Pavillon vorbeizogen, während die wunderschönen patriotischen Lieder über den Platz hallten und die Freude alle mitriß.

Ich kam zum Mauid-Café. Die Fensterscheiben waren zersplittert, die Türen geschlossen ... Ich wollte meinen Weg zum Dschabiri-Platz fortsetzen, doch ich konnte nicht, denn was ich sah, ließ mir das Herz bluten. Ich machte einen Schritt zurück, dann kehrte ich um und ging nach Hause. Ich versuchte mich an meine Freude zu erinnern, die ich als Kind verspürt hatte, das, hoch oben auf den Schultern seines Vaters hockend, die Parade zum Unabhängigkeitstag auf dem Dschabiri-Platz bestaunte.

Ein Eimer Joghurt

Der junge Mohammed Said wurde verhaftet, weil er an einer nicht genehmigten Demonstration teilgenommen hatte. Da bat sein Vater, den Leiter der Abteilung des für Strafsachen zuständigen Geheimdienstes zu sprechen, in dessen Zelle sein Sohn einsaß, denn er kannte ihn. Der Abteilungsleiter empfing ihn und fragte, warum er ihn sprechen wolle.

Mohammeds Vater erklärte, daß sein Sohn, der in dieser Abteilung einsaß, nichts mit der Demonstration zu tun gehabt hätte. Die Sache sei ganz einfach die, daß er ihn losgeschickt habe, um einen Eimer Joghurt zu kaufen. Zufällig sei in diesem Moment die Demonstration vorbeigezogen, und da sei sein Sohn festgenommen worden, ohne daß er den Grund dafür kannte.

»Sind Sie sicher, daß Ihr Sohn nichts mit der Demonstration zu tun hatte?« fragte der Leiter der Abteilung des für Strafsachen zuständigen Geheimdienstes.

»Ganz sicher«, erwiderte der Vater.

Der Abteilungsleiter befahl, den Sohn zu holen. Mohammed war vierzehn oder fünfzehn Jahre alt. Als er vor dem Abteilungsleiter stand, fragte dieser ihn, ob er wirklich nichts mit der Demonstration zu tun gehabt hätte. Und ob er einen Eimer Joghurt im Laden in der Straße gekauft hatte.

»Nein, das stimmt nicht«, antwortete der Junge. »Als ich verhaftet wurde, war ich auf der Demonstration.«

Der Abteilungsleiter nickte. Dann fragte er: »Hat dich jemand dazu angespornt, auf die Demonstration zu gehen?«

»Ja, mein Vater.«

Da schaute der Abteilungsleiter den Vater an, der ein listiges Lächeln verbarg. Und weil der Abteilungsleiter Mohammeds Vater kannte, sagte er: »Ich werde Befehl geben, euch zu entlassen ... Aber bei Gott, wenn ich erfahre, daß ihr den Leuten eine andere Geschichte als die mit dem Joghurt-Eimer auftischt, werde ich euch beim nächsten Mal beide ins Gefängnis stecken und in einer Zelle verfaulen lassen. Habt ihr verstanden?«

Vater und Sohn nickten. Im Hinausgehen blickten sie sich wütend an.

● Man erzählte sich ...

Fatima hat die neunzehn überschritten, ist aber noch keine zwanzig Jahre alt. Jeden Tag sehe ich sie vom Fenster aus, wenn sie das Gebäude verläßt, in dem wir beide wohnen. Ich schaue ihr nach, wie sie ein paar Meter den Bürgersteig entlanggeht, bevor sie meinem Blick entschwindet.

Wenn ich sie in letzter Zeit durch das Fenster beobachtete, pflegte sie ihre Schritte zu verlangsamen und sich nach links zu wenden, wo der alte Maulbeerbaum steht, der die Straße beschattet, und einem Soldaten am Checkpoint zuzulächeln, der vor ein paar Monaten provisorisch errichtet worden ist und nun seinen festen Platz dort hat.

Innerlich grollte ich Fatima.

Ich kenne Fatima, seit wir Kinder waren. Jahrelang spielten wir zusammen unter dem Maulbeerbaum, der heute alt ist. Sein Stamm ist zu einer soliden Stütze für den Checkpoint geworden und dient den Wachtposten zum Aufhängen von Gewehren und Munition.

Eines Tages kam mir zu Ohren, daß Fatima sich in einen der Soldaten des Checkpoints verliebt habe und daß auch er sie liebe. Man erzählte sich, sie habe ihn gefragt: »Woher kommst du?« und er habe geantwortet: »Aus Latakia.« Dann habe er seinerseits gefragt: »Und du? Bist du aus Aleppo?« und sie habe stolz erwidert: »Ja«, und glücklich hinzugefügt: »Und alle meine Vorfahren auch.« Und man erzählte sich, Fatima und Hassan – so hieß der Soldat des Checkpoints – hätten vereinbart zu heiraten, sobald der Krieg zu Ende sei.

Man erzählte sich auch, Hassan liebe Aleppo und seine Menschen und wolle nach der Hochzeit dort leben. Und man erzählte sich, Hassan habe Fatima mehr als einmal deutlich erklärt, daß er gegen diesen Bruderkrieg sei, daß es ein verbotener Krieg sei, wenn der Bruder seinen Bruder töte ... Er habe auch erklärt, daß er keine einzige Kugel auf die Bevölkerung von Aleppo abgegeben habe und es auch niemals tun würde. Und man erzählte sich, Fatima habe bitterlich geweint, als sie vom Tod ihres geliebten Hassan hörte, und gesagt: »Er hat mir versprochen, daß er fliehen, daß er desertieren werde und daß er, wenn er es tue, eine Weile von mir getrennt sein werde.« Und er habe gesagt: »Aber ich liebe dich und werde dich immer lieben. Und sobald dieser Bruderkrieg endet, werde ich kommen und zusammen mit meinen Eltern um deine Hand anhalten.«

Fatima weinte, zerriß sich die Kleider, schnitt sich ihr langes schwarzes Haar ab und schmierte sich Erde ins Gesicht, als sie die Nachricht von Hassans Tod durch seinen Freund Mohammed erhielt: »Sie haben ihn getötet, Fatima. Wir sind zusammen geflohen und haben keine einzige Kugel abgefeuert.«

Heute sehe ich sie, wie ich sie immer sah. Wie sie zum Spiegel geht, um ihr Aussehen zu überprüfen, und zu mir sagt: »Du bist mein Zeuge ... Schreib! Ich gehe. Hassan hat versprochen, unter dem alten Maulbeerbaum auf mich zu warten.« Dann wiederholt Fatima: »Schreib. Du bist mein Zeuge ...« Und bevor ich verspreche, es zu tun, ist sie aus meinem Blickfeld verschwunden, Fatima, die meinem Blick niemals entschwunden ist.

Chagall

Kurz bevor ich das Café erreichte, sah ich plötzlich meinen Freund vor mir stehen, von Angesicht zu Angesicht. »Wohin?« fragte er. »Ins Café«, erwiderte ich. Er packte mich am Arm und sagte: »Geh zurück. Sie haben einen Sicherheitskordon um das Café und die anliegenden Geschäfte gezogen. Wir kennen die Gründe dafür nicht. Aber es ist eine Meldung vom Checkpoint durchgesickert, daß in der Nähe des Cafés ein mit Sprengstoff beladenes Auto steht. Deshalb müssen wir zurück nach Hause.«

»Nein, ich werde nicht wieder nach Hause gehen«, entgegnete ich wütend. »Was soll ich dort machen? Der Strom ist ausgefallen, es gibt kein Fernsehen und kein Internet.«

»Und wohin willst du gehen?« unterbrach er mich.

»Irgendwohin. Selbst wenn ich ziellos durch die Straßen schlendere.«

»Was?« fragte er. »Du willst durch die Straßen schlendern? Ausgerechnet du, der es nicht erträgt, auch nur einen einzigen Checkpoint zu sehen! Wie willst du dann Dutzende davon ertragen?«

»Komm mit«, sagte ich. »Wir werden durch Viertel laufen, in denen wir auf keinen einzigen Checkpoint stoßen.«

Mir zuliebe ging mein Freund gegen seinen Willen mit. Kaum hatten wir wortlos ein paar Schritte zurückgelegt – wir hatten noch nicht mit unserem üblichen Geplauder begonnen –, fanden wir uns ganz in der Nähe eines Checkpoints wieder. »Laß uns in diese Seitenstraße gehen«, schlug ich vor. »Sie führt zur Straße, in der das Zahra-Kino liegt. Dort finden wir vielleicht ein Café, in dem wir unseren Kaffee trinken können.« Kaum waren wir in die Seitenstraße eingebogen, sahen wir vor uns mitten auf der Straße einen noch größeren Checkpoint.

Mein Freund lachte. Ich kommentierte sein Lachen nicht, sondern meinte:»Wir bringen diese paar Meter hinter uns, dann gehen wir in die Khalil-al-Hindawi-Straße. Und von dort gehen wir zur Tauhid-Moschee.«

»Was? Zur Tauhid-Moschee?! Um die Moschee herum gibt es mehr als dreißig Checkpoints.«

»Wir werden nicht bis zur Moschee gehen«, erklärte ich. »Wir werden seitlich davon bleiben und die Parallelstraße zur Kirche der Jungfrau Maria nehmen, und von dort kommen wir zur Cafeteria Nahr al-Fann. Ich war schon lange nicht mehr dort.« Mein Freund lachte. »Die wurde schon vor vier Monaten von ihrem Besitzer geschlossen. Er ist in den Libanon ausgewandert und hat mich eingeladen, ihn dort zu besuchen.«

»Macht nichts. Folge mir einfach«, entgegnete ich.

»Wie sagt noch das Sprichwort? ›Folge der Eule, sie führt dich zur Ruine‹«, war sein einziger Kommentar.

An der Biegung des Flusses, der die Tauhid-Moschee und die Kirche der Jungfrau Maria trennt, sahen wir vor uns drei Checkpoints mit einem Pickup, auf dem ein Doschka-Maschinengewehr installiert war. Mein Freund lachte, und ich ärgerte mich über ihn. »Was? Bist du schadenfroh?« fragte ich.

»Nein, nicht schadenfroh. Aber wer dich sieht und hört, könnte meinen, du hast keine Ahnung, was mit Aleppo passiert ist ...«

»Ich werde dir beweisen, daß es Viertel ohne einen einzigen Checkpoint gibt«, unterbrach ich ihn. »Los, komm mit!«

»Wohin?«

»In die Fillat-Straße«, erwiderte ich.

»In die Fillat-Straße?« wunderte er sich.

»Ich weiß, was du jetzt sagst. Ich meine auch nicht die Straße selbst, sondern einen bestimmten Ort in der Straße.«

Mein Freund lief schweigend neben mir her. »Beeil dich ein bißchen, damit wir alle Checkpoints so schnell wie möglich passieren!« sagte ich. Dann legten wir ein derartiges Tempo vor, als trieben wir Sport, um unsere Herzen zu stärken. Wir passierten den ersten Checkpoint, dann den zweiten, den dritten, den fünften, den neunten ... und gelangten zum Ende der Straße. »Und wohin jetzt?« fragte mein Freund.

»Du wirst jetzt tun, was ich dir sage, und zwar ohne jede Widerrede«, antwortete ich.

Er nickte. Wir gingen auf die andere Straßenseite zur breiten Kaimauer am Fluß. »Los, laß uns hinaufsteigen«, forderte ich ihn auf. »Die Mauer ist breit genug, daß wir beide darauf passen.« Er warf mir einen protestierenden Blick zu, und wir kletterten hinauf.

Vor uns lag ein grüner Teppich aus Gras und Gebüsch. »Atme tief ein«, sagte ich zu meinem Freund, »dann mach mir nach, was ich tue.« Mein Freund lächelte immer noch spöttisch. Ich hatte ihn inzwischen um die Hüfte gepackt und sagte: »Eins, zwei, drei ...«

Und bei drei rief ich: »Los, spring mit mir in den Himmel!« Und wir schwebten hoch oben, so frei und ungebunden wie die Figuren Chagalls in seinen blauen Himmeln.

Van Gogh

Trotz der Schönheit des Parks konnte ich seinen Anblick nicht länger genießen und tauschte ihn gegen ein Gemälde von van Gogh. Darauf war ein dunkler Himmel zu sehen, an dem große strahlende Sterne leuchteten. Am äußersten Bildrand war ein runder Vollmond abgebildet, umkränzt von hellen Lichtpartikeln. Die dunkle Erde wurde von einem geschlängelten Weg durchzogen, ineinander verschlungene Zypressen ragten in den Himmel.

Immer wenn ich das Geräusch einer Kanone oder einer Panzergranate oder sogar einer Rakete hörte, die allesamt über unsere Köpfe hinwegflogen, sah ich, wie die im Garten auf den Spitzen der Zypressen hockenden Raben aufschreckten und wie wahnsinnig zu krächzen begannen. Sie flatterten, in ihrem rasenden Ungestüm miteinander kollidierend, hoch in den Himmel und stoben in alle Richtungen auseinander. Die auf dem Spielplatz spielenden Kinder fielen von den Schaukeln und Rutschen und stürzten in den Sand und liefen in Panik los, um ihre Mütter zu suchen.

Aber obwohl ich den Anblick des Parks nicht mehr genoß, zog er doch immer wieder meine Aufmerksamkeit auf sich, wenn die Turteltauben sich auf dem parallel zur wunderschönen Parkmauer verlaufenden Weg niederließen. Und wie glücklich war ich, wenn ich das Gezänk dieser Tauben und die Kabbeleien der Spatzen beobachtete, die sich um Futter und Wasser stritten. Doch plötzlich sah ich, wie die Turteltauben und Spatzen in alle Richtungen aufflogen, wie die Kinder davonstoben, um sich an die Rockzipfel ihrer Mütter zu hängen. Man konnte sehen, wie sie die Nerven verloren, wenn sie die Geschoßsalven hörten.

Wir drehten uns um, um zu schauen, woher die Geräusche kamen, und betrachteten die Szenerie. Dann wandten wir unsere Blicke wieder ab, lenkten sie zurück ins Café und nahmen den Faden des Gesprächs dort wieder auf, wo er abgerissen war.

Das Seltsamste jedoch, was vor mir auf dem Gemälde von van Gogh geschah, war, daß alles unverändert blieb. Alles war ruhig, die Raben, die Bäume, die Sterne, die den Himmel schmückten, der bis auf ein paar Lichtpartikel tiefdunkel war.

In diesem Augenblick, als ich tief in das Bild versunken war, vernahm ich Geschoßsalven, die vom Checkpoint in der Nähe des Cafés abgefeuert wurden. Wir wandten uns um und sahen die Menschen in Panik in alle Richtungen laufen, sie flohen, ein jeder von ihnen in dem Versuch, sein Leben zu retten, und siehe da: Hier stürzte ein alter Mann, dort strauchelte eine Frau, und in der Mitte der Straße erstarrte eine Alte an Ort und Stelle, weil sie nicht wußte, wohin.

Wir ließen unsere Blicke zwischen diesem Anblick und den Vermummten am Checkpoint hin und her wandern, die den Kugelhagel abgefeuert hatten und nun laut lachend zusahen, wie die Menschen fortliefen, stolperten und fielen ...

Und dann lenkten wir unsere Blicke wieder zurück ins Café und nahmen unser Gespräch über die Berichte aus dem Land und die Situation der Menschen wieder auf.

Mongoloid

Ich habe mich oft über diese beiden Palmen geärgert, wenn sie mir den Blick auf das verdecken, was ich sehen möchte. Und das, was ich sehen möchte, ist die Straße, die der mongoloide Junge gewöhnlich entlanggeht. Manchmal, oder meistens, stellt er sich vor die Fensterscheibe des Cafés, in dem wir üblicherweise sitzen, um über die Tragödie des Landes zu sprechen. Ein jeder von uns berichtet etwas, von dem er glaubt, daß der andere es nicht im Fernsehen gesehen, im Radio gehört oder in einer Zeitung oder online gelesen hat.

Am Ende des Treffens wissen wir, oder ein jeder von uns weiß, daß wir uns nichts Neues erzählt haben. Aber wenn ich mich mit dem Oberkörper über den Tisch beuge und mein Gesicht hebe, senken die Freunde die Köpfe, denn sie wissen, daß ich eine Neuigkeit habe ... Und diesmal war es tatsächlich etwas Neues, was ich mit eigenen Augen gesehen hatte, wie man so sagt. Ich erzählte: »Auf der Straße, die zum Bahnhof hochführt, an der Kurve zur Brücke, sah ich den mongoloiden Jungen zum ersten Mal. Er lief ganz schnell. Zuerst glaubte ich, daß in seinen Bewegungen ein gewisser Spott über die Vermummten lag, die hinter ihm herliefen und die in letzter Zeit wie giftige Pilze überall aus dem Boden geschossen sind.

Ich ging langsamer, um zu sehen, was los war. Auch der mongoloide Junge verlangsamte seinen lächerlichen Lauf, um in einer Gruppe von Kindern Schutz zu suchen, die ihrerseits bei einer Frau Zuflucht suchten, die einen Säugling im Arm trug und rief: ›Bei Gott und dem Propheten‹, um ein Almosen für ihr Baby zu erbitten.

Dann trat ein Vermummter in mein Blickfeld, der eine Waffe bei sich trug, für die ich nur einen Namen kenne: Gewehr. Er zog den Jungen aus der Gruppe von Kindern heraus, bei denen jener Schutz gesucht hatte. Dann sah ich, wie er den Gewehrkolben in die Höhe hob und ihn auf den Jungen niedersausen ließ und schrie: ›Warum bist du nicht am Checkpoint stehengeblieben, du Hundesohn? Warum bist du abgehauen, du ...?‹ Und er schimpfte und beleidigte dessen Mutter und dessen Schwester, bis er bei der Großmutter angelangt war.

Die Szene spielte sich so nah vor mir ab, daß ich, als ich meine Hand ausstreckte, den Jungen und den Vermummten voneinander trennen konnte. Ich rief und nannte ihn gegen meinen Willen ›mein Sohn‹: ›Laß ihn in Ruhe, er ist mongoloid!‹ Aber er prügelte weiter auf den Jungen ein, nachdem er mir einen so zornigen Blick zugeworfen hatte, daß ich um mich selbst Angst bekam. Trotzdem rief ich noch einmal: ›Er ist mongoloid! Hast du noch nie von dieser Krankheit gehört?‹

Ich hatte den Eindruck, daß er tatsächlich noch nicht davon gehört hatte, denn er schlug weiter mit dem Gewehrkolben auf den Jungen ein. Dann schleifte er ihn zur Mauer und brüllte: ›Bleib hier stehen. Beweg dich bloß nicht vom Fleck!‹

Da hörte der Junge plötzlich auf zu weinen und rannte so schnell er konnte los. Doch er kam nicht weit, denn eine Salve von Schüssen streckte ihn nieder ...«

Die Freunde, die ihre Köpfe über dem Tisch zusammengesteckt hatten, lehnten sich zurück, und ein jeder versuchte, den Blicken der anderen auszuweichen. Ich aber schaute noch immer auf die beiden Palmen, die mir den

Blick auf die Straße versperren, auf der der mongoloide Junge immer angelaufen kam. Manchmal hat er sich vor die Fensterscheibe des Cafés gestellt, in dem wir üblicherweise sitzen, um über die Tragödie des Landes zu sprechen.

Tod

Ich war verpflichtet, Dschuthman, dem Vater eines Freundes, das Geleit zu seiner letzten Ruhestätte zu geben. Dieser Freund, der seit Jahren mit seiner Familie in den Vereinigten Staaten wohnt, hatte mir in einem Brief von der Angst um seinen Vater berichtet, der allein lebte und sich weigerte, zu ihm auszuwandern. Der Vater hatte statt dessen beschlossen, in Aleppo zu bleiben und dort zu sterben!

»Ich möchte neben Fatima beerdigt werden« – er meinte seine Frau –, »damit ich ihr in den kommenden langen Winternächten die Zeit vertreiben kann ...« hatte der Vater oft gewitzelt. Doch als die Gewalt in Aleppo immer weiter zunahm, hatte er sich schließlich widerwillig dem Wunsch seiner Kinder gebeugt und war zu ihnen gereist.

Wir waren traurig gewesen über diesen Verlust, der jedoch nur sechs Monate währte, denn nachdem er bereits Teil unserer Erinnerung geworden war, tauchte der Vater plötzlich wieder im Café auf. Wir waren sprachlos vor Erstaunen. Er hob die Hand und sagte: »Fragt mich nicht, warum ich zurückgekehrt bin!« Er schwieg einen Augenblick, dann setzte er sich zu uns und fuhr fort: »Obwohl das Leben dort angenehm und ruhig war und zur Trägheit verführte ... also, ich kann nur sagen, ich habe in jenem Land niemanden gefunden, mit dem ich plaudern und mir beim Backgammon die Zeit vertreiben kann!«

»Darum bist du zurückgekommen?« fragten wir.

Er runzelte die Stirn. »Ist das kein ausreichender Grund für eine Rückkehr?« fragte er zurück.

Wir verzogen die Gesichter, verwundert über diesen Mann, der kurz darauf durch einen Querschläger getötet

wurde und dem wir nun das Geleit zu seiner letzten Ruhestätte gaben, damit er neben seiner Frau beerdigt werden
konnte, wie er verfügt hatte.

Vase

Sie sah ihn an, als er sagte: »Rote Blumen in einer weißen Vase auf einem schwarzen Tisch vor einem grauen Hintergrund!«

Sie lächelte und fragte: »Ist das der Titel deines neuen Romans? Dann ist er zu lang.«

»Nein.«

»Also der Titel für einen Kurzgeschichtenband?«

»Nein.«

Dann fuhr er fort: »Ich meinte ... kann ein Gemälde, wie ich es beschrieben habe, den Anblick hinter der Fensterscheibe verdecken oder ausmerzen oder vertreiben?«

Sie drehte sich um und schaute nach draußen. Auf der Straße, die am Park entlangführt, sah sie einen Checkpoint und vermummte Soldaten, die die Mündungen ihrer Gewehre auf die Passanten richteten.

Sie antwortete nicht. Sie wandte sich wieder zurück und dachte über eine Antwort nach.

Ein Park für die Kinder

Ich sagte zur weit Entfernten: »Es sieht noch immer so aus wie in meinen Kindertagen ...

Meine Mutter hielt mich an der Hand, und wir näherten uns dem Tor zum Spielplatz im Park. Ich war wie blind, ich sah nur die Schaukel vor mir. Das war mein Lieblingsspielgerät. Damals gab es zwei davon, aber später wurde noch eine dritte aufgestellt. Ich kann mich noch gut daran erinnern, wie ich die Augen schloß und mir mit aller Kraft Schwung gab, um ganz hoch zu fliegen, und beim Zurücksausen neuen Schwung holte, damit ich erneut in die Höhe flog, in Richtung Westen.«

Ich sagte: »Ich kann mich auch noch an die Bilder erinnern, die ich vor Augen hatte, wenn ich auf meiner geliebten Schaukel in die Höhe flog ... Und, du wirst es vielleicht nicht glauben, ich ließ die Schaukel sogar hinter mir allein herunterfallen, während ich im Himmel schwamm, in die Höhe. Wohin? Ich weiß es nicht. Und ich wollte es auch nicht wissen.

Es sieht immer noch so aus wie in meinen Kindertagen, meine liebe weit Entfernte.

Ich sehe sie jetzt, wie ich sie schon vor Jahren sah, wie sie sich freuten, wie sie spielten und stritten und sich gegenseitig schubsten ... Und in einigen – seltenen – Fällen schlugen sie sich gegenseitig auf den Kopf. Dann mischte sich die Mutter oder die große Schwester ein, um sie voneinander zu trennen und zu tadeln und zu schelten und manchmal auch zu keifen: ›Dein Sohn ist gar nicht artig, er hat zu Hause keine anständige Erziehung bekommen!‹«

Die weit Entfernte lachte ein Engelslachen, was mich

glücklich machte. Dann erzählte ich weiter: »Heute aber haben sich einige Details verändert. Während ich die Szene betrachtete, starrte ich auf die Stämme der Zypressen, die die Palmen und Zedern überragten und die Farben des zwischen ihnen flutenden Sonnenuntergangs in sich aufsogen. Wie ein Schlafender sah ich, wie zwei Vermummte des neben der Parkmauer errichteten Checkpoints in die Szene eindrangen. Seltsam war auch, daß sie ihre Gewehre dabeihatten ... Sie spazierten zwischen den Jungen und Mädchen, den jungen Frauen und Müttern umher.«

Ich wandte mich um zur weit Entfernten und fragte sie: »Haben sie den Vorschriften über die Benutzung des Spielplatzes einen neuen Paragraphen hinzugefügt, so daß ihn nun auch Männer betreten dürfen?«

»Nein«, antwortete sie.

Ich stand auf, sammelte meine Sachen vom Tisch ein und verließ das Café. Ich überquerte die Straße und gelangte zur Parkmauer, ich schritt hindurch und ging zu den Vermummten, während ich auf ihre Gewehre starrte, die sie über der Schulter trugen. Ich war wütend und wollte sie darauf aufmerksam machen, daß es Männern, und besonders bewaffneten, verboten ist, diesen Teil des Parks zu betreten. Aber dann geschah etwas Verstörendes. Je näher ich den Vermummten kam, desto weiter entfernten sie sich von mir, und als ich zur hinteren Mauer des Parks kam, befanden sie sich außerhalb des Parks!

Ich war ein wenig beruhigt, weil ich sie ohne verbale oder gewalttätige Auseinandersetzung vertrieben hatte, wie ich mir einbildete. Ich drehte ihnen den Rücken zu und wollte zur weit Entfernten zurückkehren, die ich im Café zurückgelassen hatte, doch da sah ich etwas Seltsames. Die Kinder, Mütter und Schwestern waren verschwunden, nur die Spielgeräte – die Schaukeln, die Rutschen und die Wippen – standen noch da ... Dann blickte ich voller Entsetzen auf den Boden des Spielplatzes: Er war mit kleinen Kindergräbern bedeckt, zwischen denen wilde Blumen blühten.

Da drang die Stimme der weit Entfernten an mein Ohr: »Wohin bist du gegangen?«

Ich drehte mich zu ihr um und sagte: »Ich war in einem Traum ...«

Sie unterbrach mich und blickte mir prüfend ins Gesicht: »Aber du siehst aus, als wärst du in einem Alptraum gewesen!«

Ich schwieg einen Augenblick und überlegte, was ich ihr antworten sollte. Schließlich sagte ich: »Ja. In einem Alptraum.« Dann setzte ich hinzu: »Einige Psychologen sagen, daß der Alptraum die dunkle Seite des Traums sei.«

Die weit Entfernte lächelte, nahm meine Hand und drückte sie aus Mitgefühl.

Ich schaute weiter auf die Szene, die nicht mehr so aussah wie in meiner Kindheit.

Ein realer Tag und ein imaginärer

»Erzähle mir, wie du deinen Tag verbringst«, sagte sie.

Ich antwortete: »Welchen Tag möchtest du, den realen oder den imaginären?«

»Beide, wenn es möglich ist«, sagte sie.

Ich antwortete: »Ich werde mit dem realen Tag beginnen, denn ich weiß ehrlich gesagt nicht, wo er anfängt und wo er aufhört. Alles geht ineinander über, ich weiß nicht, wie die Stunden vergehen, obwohl ich in vielen Fällen weiß, wie jede einzelne Minute vergeht. Immer wenn zum Beispiel der Strom ausfällt, prüfe ich, wo die Zeiger der Uhr stehen, um einen Rhythmus zu erkennen ... Aber ich weiß nicht, zu welcher Stunde oder Minute die unter mir aufgestellte Kanone die entfernten Viertel zu beschießen beginnt, die der Befehlshaber der Kanone als abtrünnige, gegen ihn rebellierende Viertel betrachtet, in denen Banden beherbergt werden, die von der dunklen Seite des Mondes fielen, um ihn vom Thron zu stoßen. Aber wenn die Umstände mich zwingen, aus dem Haus zu gehen, dann muß ich notgedrungen an Dutzenden Checkpoints der Sicherheitskräfte vorbei; ich begegne Hunderten vermummten Männern, die nichts mit diesem Land verbindet, sondern die zu einer dir fremden Welt gehören! Sie halten dich ganz unvermittelt an, kriechen in deine Taschen, durchsuchen sie aus Angst davor, dort könnte irgendeine Bande stecken oder ein mit Sprengstoff beladenes Auto, oder weil sie fürchten, du könntest einem desertierten Soldaten ermöglichen, den Checkpoint sicher zu passieren! Aber während du weitergehst, fliehend fast vor ihnen, feuern sie plötzlich Gewehrsalven in die Luft, wie irre lachend und die Passanten beobachtend, die panisch in alle Richtungen davonstieben. Manchmal verstecken sie sich in diesem Flur oder jenem Zimmer deiner Wohnung, und du suchst Schutz vor dem Kugelhagel, den sie auf dich abfeuern. Zu anderen Stunden des Tages wirst du manchmal von zwei Panzern in die Enge gedrängt, die durch die überfüllte Straße spazierenfahren, und jeder der beiden versucht, dich noch vor dem anderen zu überrollen!

Und irgendwann steht über deinem Haus ein Helikopter, der mehrere Raketen in verschiedene Richtungen abfeuert und danach den Himmel über deinem Haus mit Schüssen durchpflügt. Und du läufst den ganzen Tag durch deine Wohnung, du kannst nicht herumsitzen, du kannst dich nicht vor den Fernseher hocken, du magst weder essen noch trinken. Du vergißt dich selbst, vernachlässigst die körperliche Hygiene, Haare und Bart wachsen, während das Leben täglich zwischen den Fingern verrinnt ... Aber wenn du auf die Idee kommst, deine Freunde anzurufen, dann sind alle Kommunikationsmittel träge, tot, reagieren nicht auf deinen Ruf, und so kehrst du zurück zu deinem Kummer und zu deiner Einsamkeit, die dich plötzlich mit Schwung in deinen anderen Tag stößt, deinen imaginären Tag ...

An diesem Tag sehe ich mich in der Wärme, im Licht, in Ruhe durch mein weiträumiges Zimmer wandern, in den Händen einen Gedichtband mit dem Titel *Liebesgedichte aus aller Welt*. Ich setze mich an meinen Tisch, schließe die Augen, und meine Finger begleiten mal die Melodie der *Mondscheinsonate,* mal die von *Für Elise.* Ich hebe meinen Kopf und sehe den Tag in Begleitung der Sonne unter der Decke meines Zimmers spazierengehen. Aber wenn ich meinen Blick auf die Glaswand vor mir richte, dann wundere ich mich nicht, einen Park zu sehen, von dem ich sagen kann, er erstrecke sich, so weit mein Blick reicht. Ich erkenne am entferntesten Punkt des Parks eine Reihe von dunklen Zypressen, deren Zweige sich um sich selbst schlingen. Neben ihren dunkelbraunen Stämmen schlängelt sich ein Feldweg vorbei, der in einem dunkelblauen Himmel endet. In dessen Mitte steht ein Mond, viele große Sterne werfen ihr goldenes Licht auf den Boden des Parks, der wie ein orangefarbenes Feld wogt, und wenn du genauer hinsiehst, glaubst du, daß es ein Feld mit erntereifem Weizen ist.

Ich schrecke auf, als ich mein Zimmer in einem der Tage Chagalls versinken sehe. Draußen aber erblicke ich eine der Nächte van Goghs! Ich lasse meinen Blick durch den Himmel außerhalb meines Zimmer wandern und frage mich: ›Wo hast du diesen Mond und diese Sterne schon einmal gesehen?‹

Eine mir unbekannte Stimme dringt an mein Ohr. Sie scheint von den entferntesten Sternen zu kommen, eine Stimme, die neben meinem Ohr singt: ›Dein Stern, den du suchst, ist ganz nah neben dem Mond, sie sind nur durch Lichtpartikel voneinander getrennt.‹

Ich drehe mich um und suche in der Szene vor mir nach der Besitzerin der Stimme ... Da sind Sterne, Mond und eine dunkelblaue Nacht. Aber hinter mir ist es Tag, es herrscht Ruhe, und ich gehe über einen Boden aus Traum, ich spüre meine Schritte auf einem Weg, den ich mir in meinen Kindertagen selbst gemalt habe.

Ich öffne die Augen, alles ist ruhig, wie immer ... Der Tag von Chagall, die Musik von Beethoven und die Nacht von van Gogh und jene Papiere, die ich auf meinem Tisch liegen ließ. Eine leichte Schläfrigkeit beginnt sich auf meine Lider zu legen. Ein undeutliches Bild von einem weit entfernten Mädchen, von dem ich nur einige Details erkenne, weil ich ihr Platz in meinem Bett gemacht habe.

Dies ist mein Tag, von dem du wissen möchtest, wie ich ihn verbringe«, sagte ich.

Sie sagte nichts. Aber ich fühlte langsam ihre Tränen aus meinen Augen fließen.

Tagsüber erreichten uns Meldungen, heftige Kämpfe tobten um die Zitadelle von Aleppo herum.

Ich war in meiner Wohnung eingeschlossen. Ich ging auf und ab, weil ich meine Freunde nicht anrufen konnte, alle Leitungen waren tot ... Doch dann, zu später Nachtstunde, wurde ich vom Wahn gepackt, ich zog mich in aller Eile an und ging aus dem Haus, in Richtung Zitadelle.

Wir waren im Dar al-Jasmin gewesen. Nibal und ich waren kurz davor, unsere Beziehung zu beenden. Plötzlich erhob sich Hassan und befahl: »Los, ich habe große Lust, bei Abu Abdo Tee zu trinken und die Zitadelle durch die Fensterscheibe des Cafés zu bewundern. Sie ist heute abend von Schnee bedeckt.« Dann befahl er Nibal und mir, hinten einzusteigen und unsere Probleme in aller Ruhe zu lösen, während er den Wagen steuerte.

Auf der Straße angekommen, blieb ich stehen und fragte mich: »Wie soll ich nun zur Zitadelle kommen? Welchen Weg soll ich nehmen?«

Nibal und ich schwiegen verärgert während der Fahrt, derweil Hassan zu einem Lied von Edith Piaf summte, das aus dem Radio erklang.

Ich ging von der Zuhur-Straße ins Bagdadbahnhof-Viertel, und kaum hatte ich es hinter mir gelassen, da türmten sich die Schwierigkeiten vor mir auf. Denn in jeder Ecke und Nische des Maysalun-Viertels waren Checkpoints errichtet worden. Und an dem einen Checkpoint wurde man durchsucht, am nächsten ohne Nachfrage durchgelassen.

Hassan hielt an und stieg aus dem Auto. Dann trat er wie ein Gentleman vor meine Wagentür, öffnete sie und

sagte: »Ich warte hier auf euch. Ihr müßt einmal die Zitadelle umrunden, und entweder ihr beendet eure Beziehung, oder ihr werdet wieder zu zwei wunderbaren Liebenden wie zuvor!«

Ich ging um den Maysalun-Park herum und stieg zum
Akjul-Viertel hoch. Ich glaubte nicht, daß ich zur Zitadelle
gelangen würde, denn die Straße zum Bab al-Hadid war
beängstigend! Überall waren Checkpoints der Sicherheitskräfte, ganz abgesehen von der Zerstörung und den her-
umliegenden Trümmern. Ich müßte, um zum alten Serail
zu kommen, durch die kleinen Gassen laufen ...

Ich schaute zu Nibal, und sie sah mich an.

Wir stiegen aus dem Auto, das vor dem Tor der beleuch-
teten Zitadelle stand. Sie wirkte unheimlich unter dem
Schnee, der alles um uns herum bedeckte. Wir gingen
schweigend nebeneinander her, und ich dachte an Hassans Worte, daß wir eine Lösung finden müßten ...

Befallen von panischer Angst, schlich ich zwischen den
Häusern herum und suchte Schutz in ihrem Schatten. Um
die Checkpoints aus meinem Kopf zu vertreiben, begann
ich leise ein Lied von Fairouz zu summen, das Nibal stets
gesungen hatte, wenn wir uns stritten ...

Ich wandte mich nach rechts und nach links, vielleicht
würde ja etwas passieren, ein Wunder geschehen, und
diese häßliche Zerstörung und die Trümmer und die Un-
sicherheit würden verschwinden und es würde sich nicht
ganz zufällig einer von ihnen vor mir aufbauen und mir
die Waffe auf die Brust setzen. Es herrschte absolute Stille,
abgesehen von ein paar Schüssen, die in die Luft abgegeben wurden, nicht auf die nach Hause hastenden Menschen und auch nicht auf jene, die tagsüber erschossen

worden waren und in dieser Nacht in den Himmel empor-
stiegen ...

Ich gelangte zum Bab-al-Hadid-Rondell. Vor dem Tor
scharten sich ein paar Soldaten um ein loderndes Feuer.
Sollte ich das Risiko eingehen und meinen Weg fortsetzen? »Es ist ein Risiko, für das ich vielleicht mit meinem
Leben bezahle«, sagte ich mir. »Und was ist die Lösung?«
fragte ich mich. »Wenn es Seitenstraßen gäbe, auf denen
ich das Rondell umgehen könnte, würde ich sie nehmen ...
Aber ich habe keine andere Wahl, als das Risiko einzuge-
hen und auf den Checkpoint zuzulaufen.« Um sie nicht
zu überraschen, trat ich mit achtsamen Schritten aus der
Dunkelheit ins Licht der Straße. Je näher ich ihnen kam,
desto größer wurde meine Angst. Als ich bei ihnen angekommen war, rief ich ihnen einen Gruß zu und setzte meinen Weg fort.

Wir näherten uns dem alten Serail. Nibal und ich hatten
die Zitadelle zur Hälfte umrundet, Schnee bedeckte unsere Schuhe. Plötzlich drehte ich mich hastig zu ihr um, ich
wollte sie anflehen, ein Wort zu sagen, weil ihr Schweigen
mich umbrachte. Ich drückte ihre Hand, um die Wärme
hineinströmen zu lassen.

Ich hob den Kopf, allmählich tauchte vor mir die Mauer
der Zitadelle auf. Das Tor war jedoch noch weit entfernt.
Mein Herz klopfte vor Angst, daß die Steine der Mauer von
Kugeln und Granaten getroffen worden sein könnten und
in ihrem schönen Antlitz Pusteln geblieben wären, die die
Zeit nicht heilen würde.

Wir blieben vor dem Tor der Zitadelle stehen. Es
schneite, da stand das Auto, da wartete Hassan auf uns, in
den Augen eine Frage, während Nibal an ihrem Schweigen

festhielt. Es war ein trauriges Schweigen, das das Herz bluten ließ und sich über den ganzen Ort legte. Das Schweigen der Zitadelle war schmerzlich.

Ich ging vor ihr auf die Knie und sagte: »Ich liebe dich, du schönste Frau der Welt.«

Die längsten Tage

Heute wurde ein Freund entlassen, der einen Monat im Gefängnis verbracht hatte.

Als ich ihn besuchte, setzten wir uns in den Garten seines Hauses. Wir diskutierten über den Monat und die Tage, die so lang gewesen waren ... Die Militärflugzeuge, die währenddessen in niedriger Höhe über unsere Köpfe flogen, ließen uns beinahe taub werden.

»Wenn wir die Atmosphäre und den Alltag der Gefangenen einmal außer acht lassen, woran hast du gedacht?« fragte ich ihn.

»An meine Kinder«, erwiderte er spontan.

»An deine Kinder?«

»Ja, an meine Kinder«, wiederholte er.

Ich schwieg und sah, wie Tränen in seinen Augen zu glitzern begannen. Er wischte sie fort und setzte hinzu: »Sie sind noch klein. Drei Mädchen und ein Junge, er ist der jüngste. Und alle sind in der Schule ... Ganz abgesehen von der finanziellen Situation ... Als ich ins Gefängnis kam, habe ich ihnen nur wenig für die kommenden Tage hinterlassen.«

»Hast du angesichts dieser schrecklichen Umstände, in die du geraten bist, nicht so etwas wie Reue verspürt?« fragte ich.

»Absolut nicht«, erwiderte er, ohne zu zögern und mit einer gewissen Entrüstung.

»Entschuldige, ich meinte nicht ...«

»Ich weiß«, unterbrach er mich. »Aber nein, nicht einen Augenblick! Du weißt, daß der Mensch solche Entscheidungen nicht in aller Eile fällt oder weil er von seinen Gefühlen mitgerissen wird. Das passiert vielleicht den jungen Leuten, die nur Verantwortung für ihr eigenes Leben tragen ... Aber Leute wie wir, so glaube ich, schlagen diesen Weg nicht ein, ohne lange darüber nachgedacht zu haben, und sie tragen die Verantwortung für ihre Entscheidung.«

Das Krachen mehrerer Detonationen unterbrach unser Gespräch.

Ich hob den Kopf, genau wie mein Freund, und wir suchten mit den Augen nach den Bombern, die die Tiefe des blauen Himmels durchschnitten.

Zu Beginn eines jeden Winters suche ich einen alten Freund in seinem Laden auf, der alle möglichen Utensilien zum Schutz gegen die Kälte verkauft. Es gehört zu meiner Gewohnheit, ihn, bevor ich meinen Einkauf tätige, nach seinen Eltern zu fragen und nach seinen Brüdern und Schwestern. Er gibt dann normalerweise ganz allgemeine Auskünfte, und ich drehe und wende mich, um mehr von ihm zu erfahren. Ich frage zum Beispiel: »Und Mohammed, wie geht es ihm? Und wie geht es deinem Vater und deiner Mutter? Wie geht es Leila ...« Und schließlich erkundige ich mich nach einer anderen Schwester, in die ich im Alter von vierzehn Jahren verliebt war.

Zu den kuriosen Dingen dieser heimlichen kindlichen Liebe, die uns, die Schwester meines Freundes und mich, verbunden hatten, gehörte, daß wir einmal beide den ganzen Monat Ramadan fasten wollten, um niemals getrennt zu werden, sogar im Jenseits nicht. Denn wir waren davon überzeugt, daß wir auf jeden Fall ins Paradies kämen, wenn wir im Ramadan fasteten ... Doch kaum war der dritte Tag vorbei, sagte ich zu ihr: »Bis hier und nicht weiter. Ich kann nicht mehr.« Und während ich sprach, gelang es mir nicht, meine Scham zu verbergen.

Sie lachte unschuldig. »Ärgere dich nicht«, sagte sie. »Ich werde auch nicht mehr fasten.« Und dann setzte sie bösartig hinzu: »Damit wir zusammen in die ...«, aber sie sprach den Satz nicht zu Ende.

Vor ein paar Tagen ging ich wie üblich zu meinem Freund, und wie üblich fragte ich ihn, wie es seinen Eltern und seinen Geschwistern gehe. Doch dieses Mal gab mein

Freund die Informationen nicht scheibchenweise preis. An seinen Tränen würgend, erwiderte er: »Sie ist gestorben« – und er nannte den Namen der Schwester, in die ich verliebt gewesen war – »in Baramke, in Damaskus, durch die Kugel eines Scharfschützen.«

»Wann?« fragte ich mit unhörbarer Stimme. »Wann?« wiederholte ich noch einmal stockend.

»Vor einem Monat.«

»Einem Monat?« Mir war, als müßte ich an meinen Worten ersticken. In meinem Kopf drehte sich alles. Ich hatte Angst, mich zu verraten, und lehnte mich einen Augenblick an die Tür, um mein Gleichgewicht und meine Fassung wiederzuerlangen. Dann verließ ich schweigend den Laden, ohne ein Wort des Abschieds und ohne meinen Einkauf zu tätigen ... als würde der Winter niemals kommen!

Wie konnte ich sie nur vergessen, ohne mich angemessen von ihr zu verabschieden?

Eines Tages – ich saß im Kulturzentrum, vor mir auf dem Tisch einen Roman, ich glaube von Nagib Machfus – sah ich Farida vor mir. Sie saß am Tisch mir gegenüber und las wie ich in einem Buch. Sie blickte mich an, als versuchte sie, sich an mich zu erinnern. Ich aber wußte, wer sie war, denn ich hatte sie nie vergessen ...

Wir waren zusammen in die dritte Klasse der gemischten Banu-Taghlib-Grundschule gegangen. Eines Tages verließen wir – ich weiß nicht mehr, warum – nachmittags gemeinsam die Schule und gingen zusammen in Richtung ihres Hauses, das auf der anderen Seite des Viertels lag, in dem wir wohnten. Ich weiß nicht mehr, was der Beweggrund gewesen war, der mich zu diesem Spaziergang veranlaßt hatte, und ich kann mich auch nicht daran erinnern, daß wir je zusammen allein auf dem Schulhof gewesen wären. Die Begegnungen, an die ich mich erinnere, fanden alle in Anwesenheit anderer statt, in einer Gruppe.

Sie war für mich eine Schülerin wie alle anderen, und trotzdem ging ich die ganze lange Strecke mit ihr zusammen an jenem Tag. Vor ihrer Haustür sagte sie: »Komm doch mit rein, ich stelle dich meinen Eltern vor.« Ich widersetzte mich ihrer Einladung nicht, sondern hatte im Gegenteil diese Initiative geradezu von ihr erhofft. Die Wohnung bestand aus zwei Stockwerken, im oberen wohnte sie mit ihrer älteren Schwester, und im unteren wohnten die Eltern.

Sie ging vor mir durch die Tür. »Bitte, komm rein!« forderte sie mich auf. Ich trat ein. Ihre Mutter saß auf einem breiten bordeauxfarbenen Sofa in der Nähe der Tür, der Vater an der Rückwand des Zimmers, vor sich auf einem runden Tisch ein Glas, gefüllt mit einer weißen Flüssigkeit; daneben ein geschnittener roter Apfel auf einem himmelblauen chinesischen Teller.

Der Vater lächelte mir zu, als wolle er mich willkommen heißen, dann vertiefte er sich wieder in sein ledergebundenes schwarzes Buch. Die Mutter hingegen begrüßte mich auf sehr freundliche Art, sie erhob sich vom Sofa und hieß mich immer wieder willkommen.

Ich möchte über diesen Besuch nicht ins Detail gehen. Er dauerte nicht lange, weil ich mich nach einem Glas Pfefferminztee entschuldigte. »Meine Mutter macht sich bestimmt Sorgen, wenn ich noch später komme«, sagte ich.

Heute denke ich zurück an jenen weit entfernten Tag dieses Besuches, der sich nicht wiederholte. Farida blieb für mich eine Schülerin wie alle anderen. Unsere Freundschaft beschränkte sich darauf, ihr morgens oder nachmittags nach Schulschluß einen Gruß zuzuwerfen. Während meiner ganzen Schulzeit brachte ich Farida kein sonderliches Interesse entgegen. Trotzdem habe ich sie niemals vergessen! Und nun saß sie hier, am Tisch mir gegenüber, schaute zu mir her, als versuchte sie, sich an mich zu erinnern. Oder als versuchte sie, mich an sie zu erinnern, damit ich sie vielleicht grüßte, damit wir danach zusammen nach Hause gingen in unser altes Viertel. Aber ich habe es nicht getan. Ich betrachtete weiterhin ihr schönes Gesicht, als sähe ich es zum ersten Mal!

Und jetzt, in diesem Augenblick, kann ich nicht anders,

76

als mit großem Schmerz über diese Farida zu schreiben. Ich betrachte ihr Foto und starre auf das Wort »Märtyrerin«, das über ihrem Namen auf der Todesanzeige steht, die neben der Tür hängt, durch die ich an jenem Tag gegangen war, vor fünfzig Jahren oder vielleicht mehr.

Barbie

Nachdem er sich versichert hatte, daß es mir gut gehe – wir saßen im Café –, fragte er: »Wie ist es passiert?«

»Drei fehlgeleitete Mörsergranaten gingen in der Nähe des Gebäudes nieder, in dem ich wohne.«

»Und die Verluste?« fragte er.

»Ein Balkon stürzte ab, der obere Teil der Mauer des Nachbarhauses wurde zerstört, und die dritte Granate fiel auf die Straße und hinterließ einen ziemlich tiefen Krater.«

»Gott sei Dank, daß es dir gutgeht«, wiederholte mein Freund. Dann fragte er: »Hast du gehört, daß ein Kind dabei getötet wurde?«

»Ja«, entgegnete ich, »ein zehnjähriges Mädchen. Aber die Kleine ist nicht durch die Granaten gestorben, sondern durch die Glassplitter.«

»Möge Gott sich ihrer erbarmen«, sagte er.

Ich fuhr fort: »Aber die Folgen, unter denen ich heute leide, sind, daß meine Enkelin, die wie alle Kinder gerne zeichnet, keine Blumen mehr malt wie früher, keine Schmetterlinge und Bäume und Sonnen und keinen klaren Himmel. Wenn sie ein Bild fertiggemalt hat, hat sie es mir immer gebracht, damit ich es an die Kühlschranktür hänge.«

»Und was ist das Problem?« fragte er.

»Das, was sie heute malt, nachdem sie die heftigen Explosionen infolge der drei Mörsergranaten gehört hat. Sie war mit ihrer Mutter bei mir zu Besuch und fragte die ganze Nacht über: ›Wer hat diese Granaten auf uns fallen lassen?‹« – Ich schwieg einen Augenblick, dann fuhr ich traurig fort: »Heute malt sie nur noch zerstörte Häu-

ser, verkohlte Bäume, auf dem Boden verstreute Leichen ...
Aber was mir das Herz besonders schwer macht, ist, daß
die Toten, die sie malt, Kinder sind ... Jungen mit einem
Ball und Mädchen, die Barbiepuppen umarmen.«

Da wird ein Licht aus dieser Dunkelheit dringen

Ich weiß nicht, warum ich in einem Zustand zwischen Traum und Wachsein aus dem Bett sprang, weil ich glaubte, der Strom sei nach einer Unterbrechung von vier Tagen und Nächten zurückgekehrt. Fast wäre ich um ein Uhr nachts in der Dunkelheit gestürzt, aber ich taumelte auf den Rand der Nacht, die über meinem Bett herrschte, während meine Füße nach den Aleppiner Schlappen suchten. Ich stand auf, tastete mich zu den Wänden des Schlafzimmers vor und fahndete nach dem Lichtschalter. Mehr als einmal stolperte ich durch die Ränder der mich umgebenden Dunkelheit und über den Teppich, der seit Beginn des Winters auf dem Boden lag. Wie ein Blinder ließ ich meine Finger über die Wand gleiten auf der Suche nach dem Schalter, den ich, als ich ihn fand, mehrmals an- und ausknipste. Aber das Licht, von dem ich erwartet hatte, daß es mir den Weg in die anderen Zimmer leuchten würde, erstrahlte weder zwischen meinen Fingern noch zwischen den Glühbirnen des an der Decke hängenden Leuchters.

Was? Waren etwa alle Birnen durchgebrannt, so daß sie blind blieben und nicht sahen, was vor ihnen lag, und mir nicht zeigten, was vor mir lag?

Ich kam zum Flur, immer noch durch meine Wohnung tappend, die in so tiefer Dunkelheit versunken war wie alle anderen Wohnungen von Aleppo auch. Vom Flur aus nahm ich auf meinem Weg aber ein schwaches Licht wahr, das von draußen durch das große Küchenfenster zu mir hereindrang. Wie ein Schlafwandler tastete ich mich vor in mein Arbeitszimmer, behutsam, damit ich nicht in der durch das Verschwinden des spärlichen Lichts in der

Küche zurückgekehrten Dunkelheit stolperte. Ich kam in mein Zimmer und schluckte. Ein Anflug von Freude machte sich in mir breit, als ich mich an meinen Tisch setzte. Ich zündete die Reste der drei Kerzen an, in deren Lichtschein ich in den letzten Tagen geschrieben hatte, und seufzte erleichtert.

Ich nahm den Stift und begann zu schreiben: »Ich war mir sicher, daß da ein Licht aus dieser Dunkelheit dringen würde, die über uns hereingebrochen ist ...«

Schlachthaus

Ich wartete im Krankenhaus darauf, daß meine Schwester
aus dem Operationssaal kam. Meine Augen auf den Fernseher gerichtet, wo der Sender *Aleppo heute* eingeschaltet
war, las ich die Eilmeldung auf dem roten Laufband: »Dutzende Tote und Verwundete, die meisten von ihnen Kinder, infolge einer Granate, die mitten auf der Straße in der
Nähe einer bekannten Moschee im Maqsoud-Viertel ein-
schlug, westlich von …« Plötzlich, während ich ins Lesen
der Nachricht vertieft war, hörte ich das laute Quietschen
der Bremsen mehrerer Autos, die vor dem Krankenhaus
hielten, das Kreischen von Frauen am Eingang, das auf-
geregte Brüllen von Männern, die versuchten, die Türen
des Krankenhauses zu öffnen und die verletzten Kinder
so schnell wie möglich hineinzubringen. Sie hinterließen
tiefrotes Blut, das wie ein Mohnfeld den weißen Marmor-
eingang des Krankenhauses bedeckte. Über diesen bluti-
gen Anblick erhob sich die Stimme eines alten Mannes mit
langem Haar und Bart, der den Himmel anflehte: »Oh Gott,
rette von ihnen, was noch zu retten ist!«

Ich weiß nicht, wie ich ohnmächtig wurde. Ich kam erst
nach einer Viertelstunde durch die Hilfe eines Arztes wieder zu mir, der beruhigend auf mich einredete: »Das war
nur ein Schwindelanfall wegen des Blutgeruchs und des
Anblicks der Toten und Verletzten. Jetzt geht es Ihnen,
Gott sei Dank, wieder gut.«

Ich blickte mich um, es sah aus wie in einem Schlacht-
haus, nicht wie in einem Krankenhaus, und alle um mich
herum hatte das Entsetzen gepackt.

Weg

Ich rechnete jeden Moment damit, auf dieser oder jener Demonstration verhaftet zu werden, an der ich zusammen mit den jungen Leuten aus meinem Viertel Salah al-Din teilnahm. Als es dann passierte, war ich nicht wirklich verwundert. Nachdem sie mir die Augen verbunden hatten, nahmen sie mich ebenso wie drei andere Demonstranten mit, und während des ganzen Weges, den wir mit dem Land Rover zurücklegten, sprach niemand ein Wort. Als wir aus dem Wagen stiegen, brachten sie uns ... ja, wohin? Wir wußten es nicht. Ich blieb – ich möchte hier nicht ins Detail gehen – eine Nacht in einer Einzelzelle, ohne daß mir auch nur eine einzige Frage gestellt worden wäre. Die Atmosphäre an dem Ort, wo wir in Gewahrsam waren, kam mir seltsam vor. Sie glich nicht der Situation jener schrecklichen Haftzentren, von denen wir gehört hatten.

Hier, in diesem Gefängnis, ging alles ruhig zu. Ich kann sogar behaupten, daß sich die Mitarbeiter dieses Ortes so sehr von jenen in allen anderen Haftzentren unterschieden, daß ich sie für Menschen aus einer anderen Welt hielt.

Nach einem dreitägigen Verhör, in dem ich dem Verhörenden aufrichtig antwortete und nichts verbarg, weil ich nichts zu verbergen habe, sagte ich: »Ich bin mit den jungen Leuten aus meinem Viertel auf viele Demonstrationen gegangen, bevor ich verhaftet wurde. Wir fordern Freiheit und Würde.« Mein Geständnis wurde aufgezeichnet, inklusive der Nachfragen des Verhörenden, wie zum Beispiel: »Was meinen Sie mit ›den jungen Leuten aus meinem Viertel‹?« – »Ich meine das Salah-al-Din-Viertel«, war meine Antwort. Dann warfen sie mich in eine Einzelzelle von zwei mal einem Meter. Nach drei Wochen kam ein junger Mann und führte mich wieder zum Verhör. Diesmal lief es anders ab. Es war ein neuer Verhörender, »sein Gesicht lachte nicht mal einem Brotfladen zu«, wie eine Aleppiner Redewendung sagt. Er war brutaler als der vorherige in seiner Art, Fragen zu stellen. Durch erzwungene Antworten wollte er an Informationen kommen – obwohl ich in der Überzeugung auf die Demonstrationen gegangen war, keinen Gesetzesbruch zu begehen. Deshalb verheimlichte ich nichts von dem, was ich wußte.

Das erste Verhör endete mit einer mittelschweren Folter. Das zweite war schon härter, denn der Verhörende setzte andere, modernere und schmerzhaftere Folterwerkzeuge ein. Ich antwortete wieder auf jene Fragen, auf die ich eine Antwort wußte, aber bei jenen, auf die ich keine wußte, sagte ich: »Ich weiß es nicht.« Beim dritten Verhör verstärkte er seine Folter, was dazu führte, daß nach anderthalb Stunden ununterbrochenen Schlagens mit einem Elektroknüppel auf meinen Oberkörper mein Herz stehenblieb. Und es verging, nachdem ich einen brennenden Schmerz in der Brust gespürt hatte, keine Minute, und ich hauchte das Leben aus.

Zwei Männer, die die Folter überwacht hatten, hoben mich hoch und warfen meinen Leichnam auf einen Leichenhaufen. Diese Menschen waren vor mir gestorben. An der Tür zu dieser Todeszelle, wie man sie genannt hatte, vernahm ich ein Gespräch zwischen zwei Männern aus dem Verhörzentrum. Der erste sagte: »Es sind jetzt fünfundzwanzig Leichen. Werden sie sie auch einfach rausschmeißen, wie sie es mit den anderen vorher gemacht haben?« – »Ja«, antwortete der andere. »Sie sagen, sie werden weiterhin die Leichen der Häftlinge, die unter Folter sterben, auf die Straße werfen, bis sie das Ergebnis haben, das sie erwarten, nämlich daß die Leute aufhören zu demonstrieren und zu protestieren ...«

»Aber wie ich sehe, haben sie keine Angst mehr davor, Leichen mit Folterspuren zu sehen, die auf dem Bürgersteig oder der Straße liegen«, erklärte der andere. »Die Leute scheinen sich an den Anblick gewöhnt zu haben.« Da hörte ich den ersten antworten: »Am Ende werden sie die Lektion lernen und aufhören zu demonstrieren.«

Ich wunderte mich über dieses Gespräch der Soldaten des Verhörzentrums. Vier Tage nachdem ich mein Leben ausgehaucht hatte und mir abscheuliche Gerüche in die Nase stiegen, holten drei Soldaten meinen Leichnam zusammen mit drei anderen Leichen ab, fuhren mitten in der Nacht los und warfen jede unserer Leichen an einer anderen Stelle fort. Ich war der letzte, der weggeworfen wurde ... Doch kaum waren sie verschwunden, erhob ich mich und klopfte mir den Staub und den Schmutz von meiner Hose. Dann richtete ich mich auf, um zu sehen, wo ich war, und entdeckte in der Morgendämmerung so etwas wie einen Feldweg. Um mich herum gab es nur kleine Erdhügel und in einiger Entfernung ein paar Gebäude und einige trockene, staubige Bäume. Ich ging zu dem Feldweg, der in Richtung der Gebäude anstieg, und von dort setzte ich meinen Weg fort, zurück zum Salah-al-Din-Viertel, in dem ich wohne ...

Der Herr Generalmajor

Mit all seinen Orden auf der Brust, seinen Sternen auf den Schultern und den Adlern auf seiner Schirmmütze saß der Herr Generalmajor mit fahlem Gesicht vor dem Arzt, blaß wie der Tod, und konnte nicht glauben, was dieser gesagt hatte!

Er hatte einen trockenen Mund. Er schluckte und fragte: »Kann es nicht sein, daß die Diagnose falsch ist, Herr Doktor?«

Der Arzt schüttelte den Kopf. »Es passieren manchmal Fehler«, erwiderte er, »aber angesichts dieser Ergebnisse und Bilder, insbesondere der mehrmaligen Analyse der Proben in verschiedenen Laboren, kann die Diagnose nicht falsch sein. Alles weist auf eine bösartige Geschwulst hin, die sich schnell ausbreiten kann.«

Der Arzt blickte dem Generalmajor in die Augen und fuhr fort: »Wir müssen bei dem zuständigen Arzt mit der Behandlung beginnen, und zwar besser gestern als heute.«

»Kann man die Behandlung nicht ein bißchen aufschieben, Herr Doktor?« fragte der Generalmajor. »Einen Monat zum Beispiel? Denn, ehrlich gesagt, ich habe noch wichtige Aufgaben zu erledigen.«

»Herr Generalmajor«, unterbrach ihn der Arzt, »Sie müssen wissen, daß ein einmonatiger Aufschub der Behandlung die Ausbreitung der Metastasen beschleunigt. Dadurch wird die Ihnen verbleibende Lebenszeit verkürzt und ...«

»Wie lange bleibt mir noch zu leben, wenn ich ...« fiel ihm der Generalmajor mit gebrochener Stimme ins Wort. Doch er beendete seinen Satz nicht, sondern befeuchtete seine trockene Unterlippe und wartete darauf, daß der Arzt die Situation erläuterte. »Wenn Sie mit der Behandlung warten, dann haben Sie – das Leben liegt natürlich in Gottes Hand – noch zwischen drei und sechs Monaten. So lehrt es uns die Wissenschaft.«

»Und wenn ich sofort mit der Behandlung beginne?« fragte der Generalmajor.

»Zwischen einem und zwei Jahren. Aber ich sage noch einmal, Herr Generalmajor: Das Leben liegt in Gottes Hand.«

»Das bedeutet, daß ich in beiden Fällen ...«

Er hielt inne und schluckte wieder. Der Arzt schwieg, dann fragte er: »Soll ich nun den zuständigen Arzt anrufen und einen Termin für Sie vereinbaren, Herr Generalmajor?«

Der Generalmajor nickte, das Leben in seinen Augen erlosch.

Frische Luft

Ich schrieb: »Ich liebe das Leben, und ich liebe meine Enkelkinder und meine Kinder, meine Nachbarn, vom ersten bis zum siebten. Und ich liebe auch die Leute des Viertels, in dem ich wohne, und ich liebe meine Stadt Aleppo und alle Städte in Syrien, und ich liebe die Syrer, alle Syrer ...«

Der Stift in meiner Hand zögerte ein wenig und bewegte sich nicht mehr so flüssig. »Es gibt Leute, die das, was du geschrieben hast, nicht gutheißen!« flüsterte er mir zu. Ich drehte mich um, sah aber niemanden. Als ich weiterschreiben wollte, schaute er mich mit ängstlichen Augen an, bevor er meinen Fingern wieder die Führung überließ: »Ich liebe es, das Fließen des Wassers im Bach zu betrachten, ich liebe das Bücherlesen und das Musikhören und das Spielen mit den Kindern in der Sonne ...«

Wieder zauderte er, dann hörte er auf zu schreiben. Ich sah ihn an und fragte: »Was ist los mit dir?« Er antwortete nicht. Ich blickte nach rechts und nach links und sah nichts Beängstigendes. »Was ist los mit dir?« fragte ich wieder. »Woher kommt die Angst, die ich in deinen Augen sehe? Siehst du Gespenster?« Er antwortete wieder nicht, aber nach einem spürbaren Zögern begann er meinen Fingern wieder Folge zu leisten. Doch als ich weiterschreiben wollte, hatte ich vergessen, was ich hatte sagen wollen. Ich war verärgert über den Stift. »Siehst du, jetzt habe ich wegen dir vergessen, was ich schreiben wollte!« sagte ich zu ihm. Da kam er mir zu Hilfe und meinte: »Du wolltest schreiben: ›Und ich liebe auch einen Genera...‹«

Da spürte ich einen Schlag zwischen die Augen und hielt inne. »Was wolltest du, daß ich schreibe?« fragte ich.

Nach kurzem Zögern erwiderte er, wobei er versuchte, sein Gesicht von mir abzuwenden: »Und ich liebe auch ...« Ich ließ ihn nicht aussprechen, ich packte ihn mit allen zehn Fingern und brach ihn entzwei. Dann warf ich ihn in den Müll.

Ich stand vom Tisch auf und trat auf meinen kleinen Balkon, um frische Luft zu schnappen. Ich schaute in den blauen Himmel, dann schrieb ich mit einem neuen Stift weiter.

Die Augen der Nacht

Lieber Leser: Was draußen passiert, durchbohrt das Auge der Nacht, kriecht die Treppe hinauf, als wolle es zu mir. Ich trete ein Stück zurück, ich habe Angst. Ich stehe jetzt mit dem Rücken zur Wand im dunklen Flur. Ich spitze die Ohren. Jetzt höre ich nichts mehr. Ist es verschwunden? Oder ist es bis zu meiner Wohnungstür gekommen und beobachtet mich?

Es beginnt sich wieder zu bewegen, diesmal so nah an meiner Tür, daß ich mich frage, ob es durch das dicke Holz dringen wird. Oder wird es die Tür mit seinem massiven Körper in einem Schwung aufstoßen und dann vor mir stehen und spotten: »Hast du etwa geglaubt, diese Mauern würden dich beschützen?«

Ich habe mir das alles nur eingebildet! Aber was danach geschah, war Realität, denn ich hörte, wie es sich bewegte, wie es sich von meiner Wohnungstür entfernte und zum vierten und letzten Stockwerk unseres Gebäudes hochstieg ... Ich weiß nicht, ob es danach aufs Dach kletterte, um das erleuchtete Auge der Nacht zu sehen, oder nicht. Meine Gedanken beruhigten mich indes nicht, denn ich war weiterhin auf der Hut, und ich hörte eine Stimme sagen: »Es kann jeden Moment vom Dach heruntersteigen, durch die dicke Holztür dringen und dann vor dir stehen und sagen: ›Mitkommen, los!‹«

Ich schluckte. Was sollte ich tun, wenn es das sagen würde? Ich besitze keine Waffe, um mich zu verteidigen. Und wenn ich rebellierte und mich weigerte mitzugehen, würde es mich vielleicht bei den Haaren packen und mich mit zusammengebissenen Zähnen hinter sich herschleifen. Seine wütende Stimme würde mir im Ohr dröhnen: »Niemand widersetzt sich mir!« Aber wenn ich ihm hörig wäre und mitkäme, würde es mich sicher höhnisch ansehen und vielleicht schadenfroh sagen: »Wie feige ihr doch seid! Ihr vollbringt eure Heldentaten nur auf dem Papier!« Was sollte ich ihm in diesem Fall sagen? Sollte ich antworten: »Das siehst du falsch. Ich bin doch nicht Don Quijote!« Was, wenn es mich dann auslachte und erwiderte: »Natürlich bist du nicht Don Quijote! Du bist Sancho, sein Knecht ...«

Lieber Leser: Ich bin gezwungen, diese Schreibübung hier zu unterbrechen, denn der Strom ist ausgefallen und ich habe keine Kerze. Ich habe auf meinem Rückweg vergessen, welche zu kaufen, und jetzt ist es etwa drei Uhr nachts. Der Schlaf sagt zu mir: »Gute Nacht ...!« und ich antworte: »Ich wünsche dir auch eine gute Nacht!«

Lieber Leser: Spitze die Ohren! Glaubst du nicht, daß da draußen etwas passiert?

Nächtlicher Entwurf

Ich schob meinen Stuhl zurück, stand vom Tisch auf, ging durch den Flur ins Wohnzimmer, wo meine Frau und meine Tochter mit deren beiden Freundinnen saßen und schwatzten, blieb an der Wohnzimmertür stehen und fragte, ob sie wüßten oder erklären könnten, was es bedeutete, daß ein Kind nackt durch die Straßen lief, ohne das Interesse oder die Aufmerksamkeit der Menschen auf sich zu ziehen.

Sie schauten erst mich und dann sich an, als würde jede von ihnen meinen, die Frage sei nicht für sie bestimmt. »Was ist los mit euch?« fragte ich.

Da nahm meine Frau ihren Mut zusammen und antwortete: »Die einzige Erklärung dafür ist, daß da vor den Menschen ein Wunder geschieht.«

Sie schwieg und drehte sich zu unserer Tochter und deren Freundinnen um, als wolle sie sich vergewissern, daß ihre Antwort richtig war. »Laßt mich das Bild verdeutlichen«, sagte ich. »Stellt euch vor, wir sähen ein Kind, nicht älter als sechs oder sieben Jahre, nackt durch die Straße laufen, ohne die Aufmerksamkeit der Menschen auf sich zu ziehen!«

Meine Tochter und ihre Freundinnen verharrten weiter in Schweigen. Ebenso meine Frau. Aber sie spürte meine Verärgerung darüber, daß sie nicht auf meine Frage antworteten. Deshalb fragte sie mit gedämpfter Stimme zurück: »Was ist denn deine Meinung?«

»Ich habe nur eine Erklärung dafür ...« erwiderte ich. Dann schwieg ich einen Augenblick und setzte mit Genugtuung hinzu: »Und die ist, daß das Volk blind ist!«

Sie warfen mir einen Blick zu, den ich nicht deuten konnte. »Ja«, wiederholte ich, diesmal etwas weniger laut, »es ist blind!« Dann ging ich in die Küche. Durchs Küchenfenster sah ich draußen die dunkle Nacht, der Lärm der Stromgeneratoren ließ einen den Verstand verlieren.

Ich ging zurück in mein Zimmer und schrieb im Lichte der Kerzen weiter über die Menschen und die Nacht und den Krieg.

Das Kind und ich

Ich öffnete die Tür und wartete auf die Antwort meiner Frau auf die Frage, ob wir etwas bräuchten. »Nein«, erwiderte sie.

Ich schloß die Tür, und kaum hatte ich den ersten Schritt getan, sah ich auf dem Treppenabsatz, der den dritten Stock, in dem ich wohne, vom zweiten trennt, ein nacktes Kind, das mich anstarrte. Der Anblick verstörte mich!

Ich stieg die Treppe hinunter, zögernd, auf der Hut, und dachte an all die Geschichten meiner Großmutter über den Dschinn, der die verschiedensten Gestalten annehmen kann. Ich näherte mich dem Kind, und da stand es auf und sprang die Treppe hinunter. Nach ein paar Stufen blieb es stehen, um auf mich zu warten, und kaum war ich bei ihm angekommen, setzte es seinen Weg fort und so weiter ...

Auf der Straße war es genauso. Das Kind lief vor mir her, dann blieb es stehen, damit ich folgte. Es war mir peinlich, daß ich, der alte Mann, einem nackten Jungen auf der Straße nachlief! Doch nach einer Weile bemerkte ich, daß der nackte Junge einfach durch die Passanten hindurchglitt, ohne Aufmerksamkeit zu erregen, ganz so, als sähen sie ihn gar nicht! »Wie seltsam«, dachte ich bei mir.

Meine Neugier trieb mich dazu, ihm zu folgen und einen anderen Weg einzuschlagen als den, den ich sonst täglich zum Café nahm. »Warum hat der Junge ausgerechnet mich unter Gottes Geschöpfen ausgewählt? Und wohin wird er mich wohl führen?« fragte ich mich.

Nachdem ich eine Weile hinter ihm hergegangen war, fand ich mich plötzlich vor dem Westtor des Parks wieder. Der Junge ging an den Soldaten des Checkpoints vorbei, die vor dem geschlossenen Tor standen, ohne daß sie ihn sahen.

Jetzt befanden wir uns auf beiden Seiten des Zauns, er ging parallel zum Zaun innen, ich außen auf dem Gehsteig. Ich hatte den Eindruck, als würde er nun nicht mehr vor mir herlaufen, sondern sich meinen Schritten anpassen. Bei der hohen Zypresse angelangt, blieb der nackte Junge stehen und schaute mich mit einem Blick an, den ich nicht deuten konnte, einem nichtssagenden Blick.

Wir standen uns gegenüber, nur der Zaun trennte uns. Ich weiß nicht, wie lange wir dort standen ... Minuten, Stunden, Tage? Ganz ehrlich, ich weiß es nicht, denn alles, so schien mir in dem Moment, war unerklärlich. Dann verschwand alles um mich herum, als ich sah, wie der Junge auf die alte Zypresse zuging, das Gesicht mir zugewandt, mich anschaute und dann in den Stamm des Baumes eintrat und vollkommen darin verschwand.

Im ersten Moment hielt ich das Ganze für normal, im zweiten Moment fand ich es ein wenig seltsam, aber im dritten, als ich die Blutfäden aus dem Stamm der alten Zypresse über den Boden fließen sah, hatte ich das Gefühl, daß sich vor meinen Augen ein Wunder ereignet hatte.

Und jetzt ...

Ich weiß nicht, wie ich ins Café kam. Wie ich mich an den Tisch setzte, an dem ich jeden Tag sitze. Und wie sich der Park vor mir wie ein Himmel in die Unendlichkeit erstreckte.

Ich weiß es wirklich nicht.

Der orangefarbene Bus

Eines Tages fiel mir eine Geschichte mit dem Titel »Der orangefarbene Bus« in die Hände. Sie gefiel mir so sehr, daß ich morgens – ich hatte sie am Abend gelesen – auf die Suche nach meiner Nachbarin ging, die der Protagonistin ähnelte. Ich hatte sie oft am Anfang unserer Straße stehen sehen, wenn sie auf ihren kleinen Bruder wartete, der mit einem schönen orangefarbenen Bus von der Schule kam. In jener Nacht, in der ich die Geschichte zu Ende gelesen hatte, konnte ich kein Auge zumachen ... Und am frühen Morgen, noch bevor ich mein Frühstück zu mir nahm – ich frühstückte gar nicht an jenem Tag –, zog ich mich in aller Eile an und verließ rasch das Haus. Ich wollte nicht verpassen zu beobachten, wie meine junge Nachbarin ihren kleinen Bruder zu dem orangefarbenen Bus brachte. Kaum hatte ich die Wohnung verlassen, da sah ich mich selbst als kleinen Jungen, nicht älter als sechs Jahre, auf der Treppe unseres Hauses stehen. Meine Nachbarin nahm mich an die Hand, um mich zum Anfang der Straße zu begleiten, wo normalerweise der Bus hielt. Als wir auf der Straße angekommen waren, betrachtete ich meine Nachbarin im Lichte des Tages. Sie war schon älter, sehr attraktiv, und fragte mich, ob ich vielleicht vergessen hätte, mein Sandwich und eine Flasche Wasser mitzunehmen. Obwohl ich das Gefühl hatte, daß die Situation, in der ich mich befand, äußerst kurios war, platzte ich heraus: »Ich habe nichts vergessen, ich habe alles dabei.« Dann setzte ich stolz hinzu: »Sogar an die Taschentücher habe ich gedacht.« – »Sehr schön, bravo!« sagte sie lächelnd. Dann kam pünktlich der orangefarbene Bus, und kaum öffnete sich die Vordertür, stiegen sechs Soldaten aus. Sie waren in voller Montur, als befänden sie sich auf dem Weg in eine Schlacht. Ängstlich klammerte ich mich an meine Nachbarin, während die Soldaten zu lachen und zu grölen begannen und schamlose Gesten machten. Dann sah ich, wie einer von ihnen meine Nachbarin anschaute und eine obszöne Gebärde in ihre Richtung machte. Meine Nachbarin drückte meine Hand, ich schaute zu ihr hinauf, sie sah mich an, ging in die Knie, hockte sich vor mich hin und sagte: »Beweg dich nicht! Rühr dich nicht von der Stelle!«, um gleich darauf noch einmal zu befehlen: »Untersteh dich, dich vom Fleck zu rühren!« Dann richtete sie sich wieder auf und ging auf die Soldaten zu ... Mein Gott, wie groß sie war! Sie war wirklich unglaublich groß! Ich sah, wie sie schnurstracks auf diesen Soldaten mit der obszönen Geste zulief und sich vor ihm aufbaute. Die anderen Soldaten blieben stehen, auf ihren Mienen einen Anflug von Angst, obwohl ihnen ihr freches Lachen noch nicht ganz vergangen war. Dann hörte ich meine Nachbarin zu dem Soldaten sagen: »Entschuldige dich für das, was du getan hast!« Ich sah, wie der Soldat erstarrte. Doch als meine Nachbarin merkte, daß er keine Anstalten machte, sich zu entschuldigen, verpaßte sie ihm eine heftige Ohrfeige. Was danach geschah, weiß ich nicht. Alles, was ich weiß, ist, daß der orangefarbene Bus wegflog, die Soldaten verschwanden und meine Nachbarin sich auflöste ... Außer mir blieb niemand inmitten des ungeheuren Staubs und Rauchs. Ich mußte heftig husten und schloß die Augen, um sie vor dem Staub und dem Qualm zu schützen. Als es wieder still wurde und sich der Staub einigermaßen gelegt hatte, öffnete ich die Augen wieder und sah etwas Seltsames. Ich fragte mich: »Wohin ist die kleine Welt verschwunden, die vor ein paar Augenblicken noch da war?« Dann sah ich sie wieder, nach einer Zeitspanne, die mir sehr lang vorkam, und sie sah folgendermaßen aus: Die Soldaten waren tot, der Körper meiner Nachbarin war zerfetzt, und der orangefarbene Bus war nicht mehr schön anzusehen. Er sah aus wie eine verbrannte Orange, von der Rauch aufstieg ... Aber ich, ich war allein inmitten dieser Zerstörung. Ich weinte und wartete auf jemanden, der mich nach Hause brachte.

Dieser Schatten

Als ich das Gebäude verließ, um zum Café zu gehen, wo ich
ein Fußballspiel sehen wollte, bekam ich es mit der Angst
zu tun, sobald ich auf die Straße trat. Ich fürchtete mich
nicht vor der Nacht, die pechschwarz war, weil im Viertel
seit zwei Tagen der Strom ausgefallen war, oder vor der
Stille in den Bäumen der Gärtchen vor den Häusern. Der
Grund für meine Angst war, daß ich das Gebäude ganz
plötzlich verlassen hatte, ohne ein Geräusch verursacht
oder den Schein meiner Taschenlampe gegen die Mauer
geworfen zu haben, um die Soldaten am Checkpoint auf
mein Kommen aufmerksam zu machen. »Gott sei Dank,
das ist ja noch mal gutgegangen«, sagte ich mir.

Nachdem ich die Hälfte des Weges zurückgelegt hatte,
bemerkte ich einen Schatten neben mir. Ich zauderte einen Moment und fragte mich, wie der Verursacher dieses Schattens hier entlanggehen konnte, ohne sich mit einer Lampe den Weg zu leuchten. Nachdem ich ihn gegrüßt
hatte, trieb mich die Neugier, ihn danach zu fragen. Er antwortete nicht, sondern lief schweigend neben mir her. Pa-
nische Angst stieg in mir hoch, doch ich fragte ihn noch
etwas, diesmal, ob er genau wie ich ins Café gehe, um das
Fußballspiel zu sehen. Wieder antwortete er nicht, sondern
begnügte sich damit, sich kurz zu mir umzudrehen, dann
richtete er seinen Blick wieder geradeaus. Meine Angst
wurde noch größer, weil ich bemerkt hatte, daß er keine
Gesichtszüge hatte! Trotzdem spottete ich über meine un-
begründete Angst und dachte: »Vielleicht habe ich mir
sein Gesicht nicht genau genug angesehen. Schließlich ist
es gut möglich, daß die dunkle Nacht alles verschluckt und

aus seinem Gesicht ein schwarzes Gemälde ohne Linien und Konturen macht.« Dennoch wurde ich neugierig, ihn kennenzulernen, und so stellte ich mich vor. Ohne sich zu mir umzuwenden, stellte er sich gleichfalls vor: »Ich bin der Todesengel!« Das verschlug mir die Sprache, aber ich lächelte trotzdem. Ich schluckte – ich weiß nicht, ob aus Angst oder wegen meines trockenen Mundes – und fragte scherzend: »Meinst du Azrael?« Er schaute mich an. »Ja.« Als er mich dieses Mal ansah, war ich sicher, daß es nur ein Schatten war, der da neben mir herlief. Ich geriet in Panik, die Angst kroch mir in die Beine, so daß ich sie nicht mehr heben konnte. »Was ist los mit dir?« hörte ich ihn sagen. »Nichts«, stotterte ich. Dann fragte ich, ob er wirklich der Todesengel sei, und er antwortete: »Ja« und setzte hinzu: »Hab keine Angst!« An der nächsten Kreuzung fragte er mich, ob ich etwas von ihm wolle, denn er gehe jetzt zum Nafi-Aswad-Krankenhaus, um dort einen Patienten zu besuchen. Ich weiß nicht, wie es kam, aber ich fragte ihn, ob er mir wohl ein paar Wochen vor meinem Tod Bescheid geben würde, damit ich meine Angelegenheiten erledigen könne, etwa die Verteilung meines Nachlasses, und mich vollkommen auf meinen Übergang in die andere Welt, die der Wahrheit, vorbereiten könne. »In Ordnung«, erwiderte er. Und noch bevor ich angesichts der Magie seiner Antwort zu mir kam, war er verschwunden.

Als ich das Café erreichte, lief das Fußballspiel schon. »Wie ich sehe, bist du ein wenig zu spät!« meinte der Wirt.

»Nicht viel, nur ein paar Minuten ...« antwortete ich lächelnd und setzte mich.

Während des gesamten Spiels war ich mit meinen Gedanken woanders. Ich dachte an den Todesengel und fragte mich, ob es wirklich Azrael gewesen war. Oder ob ich mir die ganze Sache wohl nur eingebildet hatte?

Nach dem Spiel machten sich die Zuschauer auf den Weg nach Hause, genau wie ich auch. Obwohl meine Mannschaft gewonnen hatte, hatte ich mich nicht über den Sieg freuen können. Ich dachte die ganze Zeit über diese Begegnung nach und konnte nicht glauben, was ich da zwei Stunden zuvor in der Stille dieser dunklen Nacht erlebt hatte. Aber in eben dieser Stille hörte ich plötzlich das Pfeifen einer Kugel, die neben mir oder zumindest sehr nah an mir vorbeiflog. Ich trat aus mir selbst heraus, um mein Ich zu finden ... um mich wiederzufinden in der Nähe des Gebäudes, in dem ich wohne. Die Soldaten des Checkpoints waren nur ein paar Meter entfernt, einer von ihnen leuchtete mich mit einer Taschenlampe an, während die Mündung seines Gewehrs auf meine Brust gerichtet war. Ich wollte ihm erklären, daß ich in dem Gebäude wohne, vor dem er stand, doch ich konnte nicht, denn in diesem Moment spürte ich einen Schwindel, mir wurde übel und ich hatte das dringende Bedürfnis, mich zu übergeben.

Ich weiß nicht, ob ich daraufhin zu Boden stürzte oder nicht. Denn ich sah das Gesicht des Todesengels, diesmal ganz deutlich. Es war ein schönes Gesicht, angenehm anzuschauen. »Wohin gehst du?« fragte er.

Seine Frage überraschte mich, aber ihn konnte ich mit meiner Antwort nicht überraschen. Deshalb lächelte ich nur und überließ mich seinem Arm, den er mir um die Hüfte gelegt hatte. »Schon gut«, fuhr er fort, »stütz dich auf mich, der Weg ist nicht mehr lang.«

Ich schaute geradeaus, und der Weg war, für mich, unendlich lang.

Ein anderer Krieg

Während er ihr Gesicht betrachtete, sagte er: »Wie ein Schlafender habe ich mich selbst gesehen. Ich war in Begleitung eines Engels, der mich führte. Wohin? Ich wußte es nicht. Der Engel drehte sich zu mir um und sagte: ›Es ist nicht mehr weit, dann sind wir da.‹ Wir sind da? Wo? Das wußte ich auch nicht. Der Engel glaubte zu wissen, was in mir vorging, und antwortete mir: ›Im Paradies. Du gehörst ab heute zu seinen Bewohnern!‹ Ich begriff nicht, was er sagte, aber ich merkte, daß er mich führte.

Wir gelangten zu einem Tor, wie ich es in meinem Leben noch nicht gesehen habe. Ich blickte mich um und betrachtete die seltsame Welt um mich herum. Während wir durch das Tor schritten, fuhr der Engel fort: ›Das Paradies ist der Ort der Rechtschaffenen und das höchste Ziel, das man erreichen kann.‹ Er führte mich über prunkvolle Wege, bis wir an einen Ort kamen, an dem er sagte: ›Hier wirst du wohnen. Hier sind das unendliche Leben und die Wünsche und Hoffnungen.‹ Dann erklärte er: ›Wenn du Wasser möchtest, wirst du sehen, wie es um dich herum wogt, und wenn du eine von deinen vierzig Paradiesjungfrauen wünschst, dann wirst du sie vor dir sehen.‹

Der Engel schwieg. Er stand auf einer Wiese, die von einer Mauer aus Bäumen und Farben umzäunt war. Dann wandte er sich zu mir um und fuhr fort: ›Möchtest du, daß ich mit dir gehe? Soll ich dir deinen dir zugewiesenen Platz zeigen?‹ – ›Nein‹, antwortete ich.

Der Engel zögerte, bevor er mir einen schönen Aufenthalt im Paradies wünschte. Dann setzte er hinzu: ›Sobald ich fort bin, werden die Paradiesjungfrauen kommen – zumindest dein Anteil, wie er den Rechtschaffenen versprochen wurde.‹ Und tatsächlich, nachdem der Engel gegangen war, kam ich aus dem Staunen nicht heraus, als eine Paradiesjungfrau nach der anderen erschien ...

Ich weiß nicht, warum, aber ich fürchtete mich. Ich trat ein wenig zurück. Eigentlich hatte ich keine Angst vor ihnen, sondern vor etwas Unerklärlichem in mir selbst. Ich sah, wie sie sich wie Soldaten vor mir aufreihten und mich scheu und verschämt anschauten. Dann stellten sie sich mir eine nach der anderen vor. Ich ließ meinen Blick über sie wandern, auf der Suche nach dir ... Und als ich dich nicht fand, fragte ich nach dir.

Meine Stimme klang heiser, undeutlich. Sie schauten sich wortlos an, verwirrt, und wußten nicht, was sie antworten sollten. Aber ich dachte voller Hoffnung, du könntest dich vielleicht verspätet haben. Deshalb begann ich sie zu zählen: ›eins, zwei, fünf, elf, einundzwanzig, neunundzwanzig, fünfunddreißig, achtunddreißig, vierzig.‹ Ich war furchtbar enttäuscht; der Kummer ließ mir das Herz schwer werden, als ich zu mir sagte: ›Was für ein Unglück ist mir da passiert? Welche Heimsuchung!‹

Ich senkte den Kopf, dann wandte ich ihnen den Rücken zu und ging zurück, hinaus aus dem Paradies.«

Er hörte auf zu sprechen und betrachtete immer noch ihr Gesicht: »Das habe ich im Traum gesehen.«

Die ruhige Front

Nachdem ich beim Minimarkt meine Einkäufe getätigt hatte, blickte ich mich um und fragte mich, ob ich wohl etwas vergessen hatte. Da fiel mein Blick auf das Gesicht eines jungen Soldaten vom Checkpoint, der vor dem Haus, in dem ich wohne, errichtet worden war.

Er hatte einen unsicheren Blick und schien etwas auf dem Herzen zu haben. Zögernd fragte er mich, ob ich der Soundso sei. Ich nickte. Er kam einen Schritt näher und sagte leise: »Entschuldigen Sie, Herr Professor, könnten Sie mir einen Gefallen tun?« – »Bitte«, erwiderte ich bange. Er blickte sich um, dann schaute er mich wieder an und sagte:

»Nicht hier. Was halten Sie davon, wenn wir in das Wachhäuschen des Checkpoints gehen?«

Ich verspürte ein gewisses Unbehagen, zeigte es aber nicht. »Ich habe Angst vor den Wachhäuschen, mein Sohn«, erwiderte ich lächelnd und fragte: »Was hältst du davon, zu mir nach Hause zu kommen, hier in dem Haus …«

»Ich weiß«, unterbrach er mich.

»Ich wohne im dritten Stock, und mein Name steht an der Tür.«

Er nickte dankbar. »Du kannst in zwei Stunden kommen«, sagte ich.

»In Ordnung.« Aber bevor er fortging, bat ich ihn, sein Gewehr nicht mitzubringen, weil ich Angst davor hätte. Er nickte und erwiderte lachend: »Ich komme allein.«

Zu Hause setzte ich mich an meinen Tisch und überlegte, was er wohl von mir wollte. Natürlich konnte ich seinen Wunsch nicht erraten und fragte ihn, sobald er bei mir im Zimmer stand. Er aber ließ seinen Blick über die Bücherwand wandern und sagte erstaunt: »Ich hätte nicht gedacht, daß Ihr Zimmer eine Bibliothek ist!« Er lachte. Dann fuhr er fort: »Herr Professor, ich bin mit einer Bitte gekommen. Ich möchte, daß Sie einen Brief für mich schreiben.«

Seine Bitte erstaunte mich, denn sie versetzte uns in alte Zeiten zurück. »Bist du denn Analphabet?« fragte ich den Soldaten. »Kannst du nicht lesen und schreiben?«

»Doch«, protestierte er verlegen. »Ich kann lesen und schreiben, und ich habe einen Abschluß des Berufsbildungsinstituts von Tartus.«

»Und warum möchtest du, daß ich einen Brief für dich schreibe? Warum schreibst du ihn nicht selbst?«

Er senkte den Blick und sagte mit hochrotem Kopf: »Es ist ein ... Ich meine ... Ich möchte den Brief an meine Liebste schreiben ... Und da Sie Schriftsteller sind ...«

Ich mußte lachen. Er empfand mein Lachen als Spott, obwohl ich es gar nicht so gemeint hatte. »Ja, das stimmt, ich bin Schriftsteller. Aber sag mal: Wie soll ich einem Mädchen deine Gefühle übermitteln, das ich gar nicht kenne?« Der Soldat schwieg, als wäge er meine Worte innerlich ab. »Bist du in sie verliebt?« fragte ich.

»Unsterblich!« antwortete er ohne zu zögern.

»Warum drückst du ihr diese unsterbliche Liebe dann nicht selbst aus?« fragte ich.

Er senkte den Kopf und erwiderte traurig: »Ich habe es versucht, aber es ist mir nicht gelungen. Ich war nicht in der Lage, auch nur ein einziges Wort zu schreiben.«

»Hast du mit ihr gesprochen, bevor du zum Militär eingezogen wurdest?«

»Nicht viel ... nur ein paar Worte«, antwortete er.

»Warum versuchst du dann nicht, ihr über diese Worte zu schreiben? Versuche sie an diese Worte zu erinnern! Du denkst bestimmt an sie, wenn du in deiner Hütte am Checkpoint hockst?« Er nickte. »Erzähl ihr über dein Leben hier, über deine Freunde, die anderen Soldaten, die sich auch nach ihren Liebsten und Ehefrauen sehnen.« Dann fragte ich: »Hast du davon geträumt, mit ihr durch ein Blumenfeld zu gehen oder in einen Park oder auf den Markt oder sonst irgendwohin?« Er hob den Kopf und schaute mich lange an, als wolle er etwas sagen. Dann blickte er wieder zu Boden. Ich sprach weiter: »Erzähl ihr, daß du beim nächsten Urlaub um ihre Hand anhalten wirst. Und daß ihr, wenn du vom Militär entlassen wirst, so schnell wie möglich heiraten werdet.«

Er hob sein Gesicht wieder zu mir und sagte bitter: »Wenn ich entlassen werde? Ich habe meinen Militärdienst bereits vor zehn Monaten beendet. Und andere Kameraden sind seit über einem Jahr fertig mit ihrem Dienst.«

Ich sagte: »Also, dann schreib halt, daß du um ihre Hand anhalten wirst, sobald du entlassen wirst«, und erklärte weiter: »Ich meine, schreib ihr einfach alles, was dir wichtig ist! Schreib über die Liebe und die Sehnsucht und über die Zukunft, wenn ihr heiratet und Kinder bekommt. Sprich davon, wie ihr eure Kinder nennen wollt ... Und so weiter. Es ist doch nichts leichter, als einen Brief zu schreiben, mein Sohn.«

Schließlich fügte ich noch hinzu: »Aber wenn ich schreibe, glaube mir, dann wird das äußerst schwierig, ja, sogar unmöglich sein. Denn ich würde jemandem schreiben, den ich gar nicht kenne, und deshalb wäre mein Brief leblos, kein Brief über die Liebe, sondern ein Brief über

106

den Tod«, ermutigte ich ihn. »Schreib, was ich dir gesagt habe. Schreib alles, was es in diesem Leben gibt ... ich meine, in eurem gemeinsamen Leben in der Zukunft.«

»Wirklich?« fragte er.

»Ja«, sagte ich.

Er schwieg. Dann meinte er: »Ich habe eine Bitte.«

»Ja?«

»Wenn ich fertig bin mit dem Brief, können Sie ihn dann lesen und mir sagen, ob er gut geworden ist oder nicht?« Ich nickte.

Er erhob sich, um zu gehen. Er war frohen Mutes, und kaum hatte er die ersten Schritte aus dem Zimmer getan, scherzte ich: »Wie ich sehe, hast du dein Gewehr vergessen.« Ich spürte seine Verunsicherung, als er sich umdrehte und zurückkommen wollte. Doch als er mein Lächeln sah, fiel ihm ein, daß er ohne sein Gewehr gekommen war. »Da haben Sie mir aber einen Schrecken eingejagt«, sagte er lachend und ging.

Eine Woche später ging ich wie üblich zum Minimarkt, um einzukaufen. Dort sprach mich der Ladenbesitzer an: »Kanntest du eigentlich Hassan?«

»Nein, welchen Hassan?«

»Mit dem du letzte Woche gesprochen hast.«

»Ach der! Was ist mit ihm?«

»Er ist gestern an der Castello-Front getötet worden«, antwortete er traurig.

Das war ein Schock. Ein Schlag ins Gesicht. Ich hörte ihn weitersprechen: »Gestern hat er mir diesen Brief für dich gegeben, weil er dich zu Hause nicht angetroffen hat. Deshalb hat er ihn bei mir gelassen und sich seinen Kameraden angeschlossen ...«

Ich nahm den Brief. »Möge Gott sich seiner und seiner Familie erbarmen«, murmelte ich.

Ich verließ den Laden, die Welt war schwarz vor meinen Augen. Auf dem Heimweg verirrte ich mich und fand mich plötzlich im Sabil-Park wieder, der ganz in der Nähe meiner Wohnung liegt. Ich setzte mich auf eine Holzbank, Hassans Brief in den Händen, und las, was er seiner Liebsten geschrieben hatte.

Hundert Jahre und mehr

Als er am Morgen erwachte, stellte er fest, daß er tot war. Er verließ das Zimmer, in dem sich seine Eltern und Verwandten um sein Bett geschart hatten; einige schluchzten laut, andere weinten stumm. Sie sprachen über seine denkwürdigen Taten und seine Gutherzigkeit und über seine Courage bei Schicksalsschlägen. Er lächelte über diese Worte, die nichts mit der Realität zu tun hatten. Er verließ das Zimmer, wie wir bereits erwähnten, und ging ins Bad. Er nahm eine kalte Dusche, obwohl das Wetter noch ein wenig kühl war. Dann bereitete er sich sein übliches Frühstück zu, wie er es jeden Tag zu tun pflegte, mit kleinen Variationen wie zum Beispiel, daß er die Eier mal briet, mal kochte. Die Veränderungen betrafen auch die Marmeladen, obwohl er aus Angst vor dem hohen Zuckergehalt eigentlich nicht viel davon aß. Alles andere blieb, wie es war: Oliven, Käse, Öl und Thymian und so weiter ...

Er beendete sein Frühstück, dann kochte er sich eine Tasse Kaffee. Er ging an der Zimmertür vorbei, wo seine Eltern und Verwandten immer noch weinten und wehklagten. Dann zog er seine besten Kleider an und verließ das Haus. Auf seinem Weg begegnete er vielen Bekannten, aber seltsamerweise waren sie alle tot, er war sogar auf der Beerdigung der meisten gewesen!

Ohne sich darum zu scheren, setzte er seinen Weg fort, und auf halber Strecke fand er einen mobilen Checkpoint vor sich, den er nicht kannte, denn die anderen Checkpoints waren in letzter Zeit alle fest installiert worden.

Einer der Soldaten des Checkpoints verlangte mit übertriebener Höflichkeit seinen Personalausweis, was sehr ungewöhnlich war. Er zog ihn aus der Tasche und zeigte ihn ihm. Der Soldat nahm ihn äußerst höflich entgegen, schaute den Ausweis prüfend an, staunte, dann hob er den Blick und sah ihm lange ins Gesicht. Schließlich drehte er ihm den Rücken zu, ging zu einem anderen Soldaten und hielt diesem den Ausweis hin. Der schaute ihn ebenfalls prüfend an, und seine Miene nahm den gleichen seltsamen Ausdruck an. Der Soldat kam zurück, die ganze Zeit auf den Ausweis starrend, blieb vor ihm stehen, sah ihn an und sagte: »Seltsam. Laut Ihrem Ausweis sind Sie schon seit Jahren tot! Sie müßten jetzt über hundertfünfundsiebzig Jahre alt sein. Aber wie ich sehe, sind Sie nicht älter als sechzig.«

»Was ist daran so ungewöhnlich, daß ein Mensch länger lebt?« antwortete er. Und bevor der Soldat etwas erwidern konnte, fuhr er fort: »Nero lebt auch noch immer, obwohl Hunderte Jahre seit seiner Geburt vergangen sind. Genauso Hitler! Und vergessen Sie Stalin nicht! Alle leben noch unter uns, obwohl sie älter als hundertfünfzig Jahre sind.«

Der Soldat lächelte. »Die haben das Recht, all die Jahre zu leben ... Aber Sie?!«

Er unterbrach ihn: »Was, aber ich?! Haben Sie meinen Namen nicht genau gelesen?«

Der Soldat wurde verlegen. »Nein. Weil Ihr Geburtsdatum meine Aufmerksamkeit auf sich zog.«

Dann warf der Soldat wieder einen Blick auf den Personalausweis, und da versetzte ihm der Name des Mannes einen Schlag. Er stand augenblicklich stramm, grüßte militärisch, indem er den Daumen an die ausgestreckte Hand drückte, und schrie mit lauter Stimme: »Stillgestanden!«

Die Soldaten des mobilen Checkpoints standen sofort wie Statuen da und salutierten genau wie ihr Kamerad, der sein Geschrei mit den Worten beendete: »Zu Befehl!«

Er nahm seinen Ausweis entgegen, lächelte stolz darüber, daß er sie in Angst und Schrecken versetzt hatte, und setzte seinen Weg ins Café fort, um seine tägliche Tasse Kaffee mit den Freunden zu trinken, die seit mehr als tausend Jahren lebten, ohne ihr leuchtendes Strahlen verloren zu haben.

Die Tore des Parks

Mehr als einmal hatte die Mauer mir geraten, nicht in den Park zu gehen:»Du wirst dort nichts finden, was dir Freude bereitet.« Ich sagte:»Aber ich sehne mich nach ihm, weil er ein Teil meines Lebens ist. Ich sehne mich danach, vor dem Walnußbaum zu stehen, vor dem wir an jenem Tag gestanden haben, wir, die Studenten und Studentinnen des Instituts der Schönen Künste, als wir in den Park gegangen waren, um unter freiem Himmel zu zeichnen. Wir standen vor dem Baum und waren voller Träume und Wünsche für die Zukunft. Und wir sagten: ›Los, laßt uns jeder seinen Namen in den Stamm dieses Baumes ritzen.‹ Zuerst ritzten die Studentinnen, es waren vier, ihre Namen in den Stamm, dann kamen die Studenten an die Reihe, und es waren ebenfalls vier.«

Während ich neben der Mauer herlief, in Richtung des Osttors des Parks, spottete sie über meine Sehnsucht:»Gib dir keine Mühe, es ist sinnlos. Glaub mir!« Ich antwortete nicht, sondern ging weiter. Als ich mich dem Tor näherte, sah ich einen Checkpoint, einen Wall aus Sandsäcken und bewaffnete Soldaten, die die Passanten mit leerem Blick anschauten.

Ich war enttäuscht und ging weiter an der Mauer des Parks entlang, den Blick auf das Westtor gerichtet. Doch als ich dort ankam, fand ich es gleichfalls verschlossen. Ich setzte seufzend meinen Weg zum Südtor fort, wo sich gleich der Spielplatz anschließt.

Ich ging weiter, neben mir Stacheldraht, der mich auf der ganzen Länge der Parkmauer in Richtung Tor begleitete. Dort fand ich einen hohen Haufen Sandsäcke, einen

Checkpoint, Dutzende Soldaten und ein riesiges Wachhäuschen, gleichsam eine Zitadelle aus Holz und Eisen, vor der ein Auto stand, beladen mit einem großkalibrigen Maschinengewehr.

Ich ging weiter. Mir blieb nur noch das Haupttor mit seiner schönen Treppe aus syrischem Stein und den Fontänen beidseits des Weges. Kaum war ich in der Nähe des Tores angelangt – mich trennte nur noch das letzte Stück der Mauer von ihm –, sah ich Soldaten davorhocken. Ich spürte einen Kloß in der Kehle, und die Mauer sagte schon wieder zu mir: »Geh nicht hinein, ich rate es dir. Du wirst nichts finden, was du mögen wirst. Der Park ist zu einer Stätte des Todes geworden! Zu einem provisorischen Friedhof für die Getöteten.«

»Aber ich möchte zu meinem Baum!«

»Es gibt keine Bäume mehr im Park, auch deinen Baum nicht mehr. Sie haben sie letzten Winter gefällt und Brennholz daraus gemacht. Hast du gehört, was ich gesagt habe?«

Ich verschloß meine Ohren, ich wollte nichts mehr hören und setzte meinen Weg zu dem schönen Steinportal fort. Noch bevor ich dort ankam, sah ich eine Gruppe von Alten, Frauen und Kindern vor dem Checkpoint stehen, die Arme in die Höhe gehoben, während die Soldaten sie einen nach dem anderen durchsuchten, bevor sie sie eintreten ließen.

Ich zögerte ein wenig angesichts dieses Anblicks … Danach war mein Wunsch erloschen, den Walnußbaum zu besuchen, in dessen Stamm wir unsere Namen geritzt hatten. Ich setzte meinen Weg auf der Straße fort, die von Schatten niedergedrückt war.

Abwesenheit

Als ich am Morgen erwachte, war meine Frau nicht zu Hause. »Vielleicht ist sie weggegangen, um mit einer Nachbarin Kaffee zu trinken und darüber zu reden, wie schwierig das Leben geworden ist«, sagte ich mir. Aber dann fiel mir ein, daß sie manchmal auf den Markt geht, um Obst und Gemüse einzukaufen. Schließlich sagte ich mir: »Oder vielleicht besucht sie ihre Schwester oder einen ihrer Brüder.«

Ich hatte sie immer davor gewarnt, nicht zu spät nach Hause zu kommen, weil die Straßen trotz der vielen Checkpoints nicht mehr sicher seien. Und ich machte sie ein wenig verärgert darauf aufmerksam, daß sie sich nicht in Anwesenheit von Hinz und Kunz über den Zustand des Landes auslassen solle und daß sie nicht reden solle über ...

»Zu Befehl!« pflegte sie mich dann zu unterbrechen.

Ich zog mich ins Wohnzimmer zurück, wo ich mich in meine Ecke setzte und mich an die Geschichte eines italienischen Schriftstellers erinnerte, die kurz gefaßt so geht: Ein Ehepaar lebte zusammen, und der Ehemann hatte ein Hobby, er pflegte in seiner Freizeit Musik aufzunehmen. Doch die Ehefrau lief die ganze Zeit durch die Wohnung, und ihre Absätze verursachten dabei ein lautes Geräusch.

Der Mann forderte sie aufgebracht auf, ihre Schuhe zu wechseln, weil das Geräusch der Absätze auf der Musikaufnahme zu hören sei. Nach dem Tod der Frau blieb der Mann allein zurück und wurde von seinen Erinnerungen zermalmt. Er saß da und lauschte der Musik, die er aufgenommen hatte, in der Hoffnung, vielleicht das Klappern ihrer Absätze zu hören.

Ich saß nun in meiner Ecke und blickte in die andere Ecke, in der meine Frau gewöhnlich saß. Ich schaute auf die Leere, die sie hinterlassen hatte, eine Leere, die niemand füllen und niemand besetzen konnte, eine Leere, die wie ich darauf wartete, daß sie zurückkehrte zu ihr, nach ihrer Entlassung aus dem Gefängnis, damit wir beide wieder in unseren Ecken sitzen könnten und nicht müde würden, darüber zu sprechen, wie weit es mit diesem Land und den Menschen gekommen ist.

Schnee

Der Anblick des Schnees, der durch das Fenster des kleinen Zimmers glitzerte, verführte dazu, hinauszugehen und mit ihm zu spielen. Doch er hatte die ganze Nacht über den Anruf des Mannes nachgedacht. Ob er der Soundso sei ... Er hatte Ja gesagt. Dann hatte der Mann in mehr oder weniger neutralem Ton hinzugesetzt: »Kommen Sie morgen her. Es geht um Ihre Frau, die bei uns einsitzt«, und ruhig aufgelegt.

Vor dem Spiegel dachte er während des Rasierens darüber nach, daß alle Auskünfte, die er bisher erhalten hatte, darauf hinwiesen, daß die Freilassung seiner Frau nur noch eine Frage der Zeit sei. Was also hatte diese Vorladung zu bedeuten? Er wandte sich hilfesuchend an seine Tochter, doch die schaute ihn nur an und sagte nichts. Tief in ihren Augen nahm er jedoch eine vage Angst wahr, denn genauso war es bei der Verhaftung ihrer Mutter gewesen. Man hatte zu ihr gesagt: »Ihr Gehalt wurde einbehalten. Kontaktieren Sie die Sicherheitsabteilung Ihrer Behörde!« Sie war hingegangen und seit drei Wochen nicht zurückgekehrt.

Er versuchte der Tochter die Situation zu erleichtern: »Wenn sie mich auch verhaften wollten, wären sie hergekommen und hätten mich mitgenommen. Oder sie hätten mich von meiner Arbeitsstelle abgeholt.« Er lachte. »Aber ich glaube es nicht.«

Es war kurz vor neun Uhr. Es blieb nur noch eine halbe Stunde, dann müßte er zu seiner Verabredung mit dem Mann aufbrechen ... Beim Frühstück gab er seiner Tochter Anweisungen, wie sie sich verhalten sollte, und besprach mit ihr einige Vorsichtsmaßnahmen. Dann ging er ins Badezimmer, um sich die Zähne zu putzen. Seine Tochter lief durch die Wohnung, als suchte sie etwas. Ihre Bewegungen drückten Sorge und Unruhe aus und auch einen gewissen Protest, so als wollte sie sagen: »Gestern meine Mutter und heute ... auch noch mein Vater?«

Er kam lächelnd aus dem Bad. »Wenn ich heute verhaftet werde, bist du die Tochter zweier Helden!« versuchte er sie aufzumuntern. Aber sie warf ihm nur einen Blick zu, der ihm eine Entschuldigung abnötigte: »Es tut mir leid, das war ein Fehler ...«

Dann kleidete er sich fertig an und war bereit zu gehen. Doch vorher sagte er: »Komm her, mein Liebes, setz dich hin und hör mir zu!«

Sie setzten sich. Zuerst wußte er nicht, wie er das Gespräch beginnen sollte, doch er mußte etwas sagen. Also sagte er: »Ich möchte dir wegen der Sache mit meiner Vorladung keinen Schrecken einjagen, aber ich möchte sie auch nicht auf die leichte Schulter nehmen. Vielleicht werde ich verhaftet, auch wenn ich das nicht für wahrscheinlich halte. Aber sollte das passieren, dann darfst du nicht allein zu Hause bleiben; und du darfst hier nur schlafen, wenn einer deiner Onkel da ist. Und wenn das nicht geht, dann schlafe bei ihnen. Vergiß nicht, die Tür gut abzuschließen, wenn du das Haus verläßt. Und sollte ich nicht zurückkommen«, fuhr er fort, »nimm die Tasche mit den Besitzurkunden und den Zeugnissen und den anderen Familiendokumenten und deponiere sie bei einem unserer Verwandten. Es gibt ein paar Ersparnisse, gib sie einem deiner Onkel ... Und sollte ich in den nächsten zwei Tagen nicht zurück sein, so habe ich ein Posting bezüglich meiner Verhaftung und der deiner Mutter vorbereitet, schicke es an einen der Freunde, damit er die Nachricht verbreitet, und dort ...«

Er glaubte zu ersticken und hielt inne. Nach einigen Augenblicken fuhr er fort: »Ich werde dir mein Mobiltelefon hierlassen, ich werde es nicht mitnehmen. Genauso die Wohnungsschlüssel. Schließe dann meinen Facebook-Account ...«

Die Zeiger der Uhr gingen auf halb zehn zu. Es war Zeit für ihn zu gehen, aber er versuchte sich daran zu erinnern, ob da noch etwas war, was er seiner Tochter sagen sollte. »Ich glaube, das war alles.«

Er stand auf. Er wollte seine Tochter küssen, tat es aber nicht, um ihr nicht das Gefühl zu geben, es sei ein Abschiedskuß. »Möchtest du noch etwas?« fragte er. Sie schluckte ihre Tränen hinunter und schüttelte den Kopf. Er blieb einen Moment unschlüssig stehen, dann ging er zur Tür, und kaum hatte er sie hinter sich geschlossen, brach er in heftiges Schluchzen aus, das er die ganze Zeit unterdrückt hatte und das ihm nun die Brust zerreißen wollte.

Er weinte. Nicht über sich, sondern über seine Tochter, die er allein in diesem wahnsinnigen Land zurückließ. Im Hausflur unten blieb er stehen, wischte sich die Tränen weg, holte tief Luft, schüttelte die Schwäche ab und gewann seine männliche Stärke wieder. Dann tat er die ersten Schritte hinaus. Alles war von Schnee bedeckt, die Zweige der Bäume, die Dächer der Autos und der Häuser, der kleine Garten zu seiner Linken. Und während er sich von seinem Wohnhaus entfernte, schritt er kräftiger, entschlossener aus auf dem schneebedeckten Boden.

Nur Wasser

Die Sache kam ihm zweifelhaft vor. Aber es interessierte ihn auch nicht sonderlich. Er sagte: »Vor mir das Balkongeländer, dahinter erstreckt sich ein kleiner Park, darin stehen ein paar Bäume, einige wenige Bänke, und es gibt ein paar Blumenbeete.«

Ich aber, wenn ich meine Hand ausstreckte, um den Henkel der Kaffeetasse zu greifen, oder das Teeglas oder das durchsichtige Wasserglas, verscheuchte diesen Anblick des kleinen Parks, um ihn mir in unendlichen Dimensionen vorzustellen, die Parkmauer, Bäume und Beete, so weit der Blick reicht.

Aber die Sache mit dem Park war seltsam, denn er war immer menschenleer! Niemand spazierte hindurch oder durchquerte ihn auf seinem Weg. Und ich sagte in meiner Verwirrung: »Ein einsamer Garten, der das Alleinsein liebt. Als habe er keine Familie.« So gewöhnte ich mich im Lauf der Zeit an seinen Anblick. Ich betrachtete die schöne Parkmauer, die sorgfältig aus Stein und Eisen gefertigt war und sich um die Blumen, Pflanzen und Bäume schlängelte.

Aaah, ich habe etwas vergessen! Ich habe nicht über die Bänke gesprochen, die auf den Wegen stehen und zwischen den Beeten und den wassersprudelnden Teichen, auf deren Grund die Kieselsteine glänzen, schimmernd wie die schönen bunten Fische darin.

Aber als ich gestern auf meinem kleinen Balkon saß, nahm ich eine Veränderung im Park wahr. Ich bemerkte, wie ein Mann und eine Frau in mein Blickfeld traten. Zuerst interessierte ich mich nicht für den Mann, statt dessen zog die Frau meine Aufmerksamkeit auf sich.

Sie war schlank und groß, trug leichte Sommerkleidung, in den Farben Grau, Blau und Weiß, die höchst elegant und geschmackvoll aufeinander abgestimmt waren. Da war nur ein kleines rosa Ding, mit dem sie ihr langes Haar zusammengebunden hatte, das schwarz war wie eine Winternacht.

Ihre Parkbesuche wiederholten sich, die beiden begannen meine Neugier zu wecken, und ich wünschte mir stets, sie zu sehen. Und ich sah sie. Sie trennten sich nie. Sie gingen in einer gewissen Entfernung an mir vorbei, ich konnte ihre Gesichtszüge nicht erkennen, obwohl ich so lange zu ihnen hinüberstarrte, bis sie meinen Blicken entschwanden. Wenn sie fort waren, wußte ich nicht, ob sie sich auf eine Bank gesetzt hatten, zwischen den Pflanzen und Blumen verschwunden waren oder sich zwischen die weißen und grauen Zedernstämme geschoben hatten.

Ich erinnere mich an den Tag, an dem ich nach langer Beobachtung und einem genauen Studium ihrer Gesichter in dem Gesicht des Mannes etwas wahrnahm, was mir ähnlich war ... nein, das war ich! Doch die Gesichtszüge der Frau konnte ich an keinem einzigen Tag erkennen. Die Sache verwunderte mich und tut es noch immer.

In jenem Moment, als ich sie nun sah, setzten sie ihren Weg Richtung Westen fort und verschwanden schon bald in der Sonnenscheibe, die sich auf das Bett des Horizonts zu setzen begann. Jeden Tag, wenn ich Kaffee aus ihrer Tasse schlürfte oder Tee aus seinem Glas, habe ich mich gefragt: »Wer ist diese weit Entfernte, die sich nicht von dir trennt?« Währenddessen nahm meine Hand das Glas, um Wasser daraus zu trinken.

»Was ist los mit dir? Du bist vollkommen abwesend!«

Er drehte sich zu seinem Freund um, ohne etwas zu sagen. Er lächelte nur traurig und starrte wieder vor sich hin. Sein Freund fuhr boshaft fort: »Das ist die Geistesabwesenheit von Verliebten. Los, erzähl, wenn es da etwas gibt!«

Wieder lächelte er flüchtig und erwiderte: »Dort ... der Checkpoint, und diese Gewehre, die da vor uns herumlaufen auf ...«

»Laß die doch, Mann«, unterbrach ihn sein Freund. »Das sind doch hilflose arme Schlucker.«

Er sagte nichts. Er schaute weiter auf die Gewehre, die zwischen ihm, der im Café saß, und dem Gehsteig vor dem Park spazierengingen.

Briefe von Liebe und Krieg

Etwas mehr als eine halbe Stunde war vergangen, seit das Bombardement und die Schüsse von den drei Checkpoints in unmittelbarer Nähe meiner Wohnung aufgehört hatten.

Nachdem ich mich beruhigt hatte, kehrte ich wieder an meinen Schreibtisch zurück und setzte meine Arbeit fort: »Auf der ganzen Strecke, während die Metro an den Haltestellen vorbei durch die Tunnel rauschte, schwiegen wir, Manal und ich. Schläfrigkeit begann sich auf unsere Augen zu legen. Es war bereits nach Mitternacht, und hinter uns lag eine fröhliche Party mit Freundinnen und Freunden anläßlich Larissas Geburtstag, auf der wir viel getanzt, getrunken und gesungen hatten.

Larissa hatte mir erzählt, daß sie ein Telegramm von ihrem kranken Vater erhalten habe, der seit zwei Tagen im Krankenhaus liege, und daß sie morgen früh zu ihm fahren werde. ›Ist schon in Ordnung‹, sagte ich zu ihr.

Sie küßte mich auf die Wange und sagte: ›Gute Nacht.‹ Doch bevor sie ging, wandte sie sich noch einmal zu mir um und meinte: ›Kümmere dich um die Tochter deines Landes, ich glaube, sie hat für dich ...‹

Dann ging sie fort, traurig, obwohl sie lächelte.

An der Station Aeroport stiegen wir aus, Manal und ich. Draußen spürten wir die kalte Luft, überall lag Schnee. Wir mußten eine gehörige Strecke zurücklegen, bis jeder von uns bei seiner Bude im Studentenwohnheim angelangt war. Plötzlich fragte sie mich, ob mir die Party gefallen habe. Nicht verwundert über die Frage erwiderte ich: ›Ja.‹ Dann setzte ich hinzu: ›So eine Party gibt es nur einmal im

Jahr!‹ Dann fragte sie, ob das, was zwischen Larissa und mir gewesen war, vorbei sei.

›Ja.‹ Sie fragte mich nach den Gründen. ›Ich weiß nicht. Die Beziehung hat nicht geklappt. Wir haben uns darauf geeinigt, Freunde zu bleiben‹, antwortete ich.

Wir kamen beim Männerwohnheim an, doch ich ging weiter. Manal blieb stehen und fragte: ›Was ist los? Wir sind schon vorbei an ...‹

›Ich weiß‹, unterbrach ich sie. ›Ich begleite dich bis zu dir nach Hause ...‹

›Das ist nicht nötig‹, unterbrach diesmal sie mich. ›Es ist nicht mehr weit.‹

Ich protestierte: ›Was? Glaubst du etwa, daß ich dich allein gehen lasse? Nein, bei Gott ... Auch wenn wir in Moskau sind, wir schon nach Mitternacht haben und es schneidend kalt ist, wie man so sagt.‹

Ich hörte auf zu sprechen und betrachtete ihr Gesicht. Es war rot vor Kälte. Ich nahm ihren Arm und sagte: ›Los!‹

Sie regte sich nicht. ›Sei nicht so halsstarrig‹, erwiderte sie.

Ihr Gesicht sah kindlich schön aus, und das Schönste waren diese schwarzen Augen. Sie hob ihren Blick zu mir. ›Unmöglich‹, sagte ich. ›Ich lasse dich in dieser Nacht nicht alleine gehen.‹

Sie lachte kurz: ›Das wäre nicht das erste Mal, daß ich alleine nach Hause gehe ...‹

›Unmöglich, du Tochter meines Landes‹, erwiderte ich, verwundert über ihren Widerstand.

›Und ich sage gleichfalls: Unmöglich, du Sohn meines Landes.‹

›Was hältst du davon, wenn wir einen Mittelweg finden?‹ schlug ich angesichts unserer beider Hartnäckigkeit vor.

›Und der wäre?‹

›Daß du hochkommst und bei mir schläfst.‹

Ich nahm ein Strahlen in ihren Augen wahr. Doch sie beherrschte sich und sagte bösartig: ›Du hast offenbar zu viele amerikanische Filme gesehen, bevor du nach Moskau gekommen bist.‹

›Was für ein Vorwurf!? Du kennst doch meine Haltung zur amerikanischen Konsumkultur ...‹

›Was hat deine Einladung denn dann zu bedeuten? Ich meine, welcher Kultur hast du sie entlehnt?‹

›Hör zu!‹ protestierte ich. ›Ich bin Syrer. Aber ich werde den Stammvater aller Syrer verfluchen, wenn sie alle so sinnlos eigensinnig sind wie du. Was ist los?‹

Sie sagte nichts.

›Dein Eigensinn erinnert mich an den Roman *Briefe von Liebe und Krieg* ...‹ sagte ich. Und weil Manal eine eifrige Romanleserin war, fragte sie: ›Davon habe ich noch nicht gehört. Von wem ist er?‹

›Von einer Schriftstellerin.‹

›Woher kommt sie?‹

›Sie ist Araberin. Aber ich habe auf dem Buchumschlag keine Angabe zu ihrer Person gefunden.‹

›Dann leih mir den Roman, wenn du ihn ausgelesen hast und er dir gefallen hat.‹

›In Ordnung.‹

Dann nahm ich unseren ursprünglichen Gesprächsfaden wieder auf: ›Und was ist nun die Lösung?‹«

Ich nahm das Teeglas in die Hand, der Tee war kalt geworden. Ich trank einen Schluck. Als ich das Glas wieder auf den Unterteller zurückstellte, spürte ich, wie eine verborgene Kraft gegen meinen Arm schlug und mir das Glas aus der Hand schleuderte. Gleichzeitig leuchtete ein heller Blitz auf, und das donnernde Geräusch einer Detonation war zu hören, dann das Splittern des Glases meiner Balkontür.

Im ersten Moment wußte ich nicht, was passiert war. Mein Herz schlug so heftig, daß es mir fast aus der Brust springen wollte, doch nach ein paar Minuten begriff ich ...

Die Explosion hatte sich ganz in der Nähe meiner Wohnung ereignet und das syrisch-französische Krankenhaus zerstört. Darauf folgte das Krachen eines Kugelhagels, als wäre ganz in meiner Nähe, entlang der Zuhur-Straße, in der ich wohne, eine neue Front entstanden.

Nachwort des Autors

1

Das Schreiben über diesen Krieg ist schmerzhaft, sehr schmerzhaft.

Als ich als junger Mann von achtzehn Jahren politisch aktiv zu werden begann, war ich der festen Überzeugung, ein »Sohn des Friedens« zu sein, weil ich ein Jahr nach Ende des Zweiten Weltkriegs geboren wurde. Und ich habe nicht damit gerechnet, daß angesichts des Schreckens von Atomwaffen jemals wieder internationale Kriege ausgetragen würden. Die zukünftigen Kriege würden, so glaubte ich, kleine Kriege zwischen einzelnen Staaten innerhalb ihrer Grenzen sein, die nicht allzulange dauerten und deren Verluste nicht sehr groß wären. Der Erste und der Zweite Weltkrieg fanden in Europa statt, weit weg von Syrien, aber aus den Geschichtsbüchern wissen wir, daß die Syrer damals großes Leid erlitten. Es begann mit der Rekrutierung der Männer im Ersten Weltkrieg, als Syrien Teil des osmanischen Herrschaftsgebietes war und die jungen Männer an die Front geschickt wurden, besonders in Europa. Die syrische Bevölkerung litt unter Hunger, Mangel und Armut, weil die landwirtschaftlichen Güter des Landes – besonders Weizen, das Hauptnahrungsmittel der Bevölkerung – eingezogen wurden, um die türkischen Soldaten zu ernähren. Mein Großvater mütterlicherseits erzählte mir zum Teil unglaubliche Geschichten über diesen grausamen Krieg, für den das syrische Volk einen hohen Preis bezahlte. So berichtete er etwa, daß er und seine Kameraden an der griechischen Front tagelang Tierknochen ausschlürften, weil sie nichts zu essen hatten und der Hunger sie vollkommen entkräftet hatte. Sie flohen nach Zypern, dann nach Ägypten und von dort schließlich nach Syrien. Trotz der Niederlage des Osmanischen Reiches suchte mein Großvater jahrelang das Weite, wenn er einen fremden Soldaten sich dem Dorf nähern sah, und er kehrte nicht wieder zurück, bevor er sicher sein konnte, daß dieser Soldat keine jungen Männer rekrutierte und in den Krieg schickte. Etliche syrische Romane haben sich diesem Thema gewidmet und das Leiden des syrischen Volkes in jenem Krieg beschrieben, so beispielsweise der Roman *Die Rebellen* von Sidqi Ismail und *Die Entfremdung* von Hilal Rahib.

Im Zweiten Weltkrieg, als Syrien französisches Mandatsgebiet war, litten die Syrer nicht minder. Wie ich bereits erwähnte, wurde ich ein Jahr nach Ende dieses Krieges geboren, am 17. April 1946. Es war der Tag, an dem die nationale Unabhängigkeit verkündet wurde und der letzte französische Soldat Syrien verließ. Als ich mich selbst als »Sohn des Friedens« bezeichnete, glaubte ich, wie gesagt, daß die Weltkriege beendet seien, und freute mich jahrelang über diese Bezeichnung. Ich ahnte nicht, daß sich der Lauf der Dinge in eine Richtung wenden würde, wie sie sich niemand vorstellen konnte. Ich hätte nicht gedacht, daß ich jemals ein »Sohn des Krieges« sein würde, der Sohn eines grausamen Krieges, der vor fünf Jahren begann und bis heute andauert. Und nachdem dieser Krieg sich nach allen Maßstäben zu einem Weltkrieg ausgeweitet hat, deutet nichts darauf hin, daß er bald enden könnte. Dutzende Staaten, wie Syrien, Iran, die Türkei, die Staaten der westlichen Allianz, sind unmittelbar daran beteiligt, andere indirekt, wie Saudi Arabien, Katar und der

Irak. Hinzu kommen nach Religionsgemeinschaften organisierte Milizen, bewaffnete Söldnerbanden und terroristische Organisationen aus der ganzen Welt. Das syrische Territorium ist zum Schauplatz eines internationalen, zerstörerischen, barbarischen, schmutzigen Krieges geworden. Seit Beginn des Krieges habe ich mir immer die Frage gestellt – und stelle sie mir noch heute –, ob dieser Krieg plötzlich begann, ganz ungeahnt vom syrischen Volk und von der Regierung? Ich glaube es nicht, denn vor dem Krieg hatten breite Schichten der Syrer, besonders junge Leute, mehr als sechs Monate lang friedlich demonstriert. Das gestand sogar die erste Riege der syrischen Regierungsverantwortlichen ein. Ich kann mich noch gut daran erinnern, wie in fast allen kleinen und großen Städten und Dörfern friedliche Demonstrationen stattfanden, auf denen Freiheit und Würde, die Reformierung der staatlichen Institutionen und ihre Säuberung von Korruption gefordert wurden. Ich glaubte damals wie heute, daß die sechs Monate, die diese friedliche Bewegung andauerte, der Regierung ausgereicht hätten, die politische Opposition zu einem nationalen Versöhnungstreffen und der Bildung einer gemeinsamen Regierung einzuladen, um eine neue Verfassung zu verabschieden (einen demokratischen zivilen Gesellschaftsvertrag) und jene Reformen durchzuführen, die die Regierung seit Mitte des Jahres 2000 versprochen hatte. Hätte man in diesen sechs Monaten eine nationale Regierung der Versöhnung gebildet, die die von Korruption und Unterdrückung zerfressene Struktur des Staates reformiert hätte, wäre es nicht zu diesem sinnlosen langen Krieg gekommen, von dem ich ohne Übertreibung und Zögern behaupte, daß es ein Dritter Weltkrieg ist. Von dem »Sohn des Friedens« der ich gestern war, wurde ich zum »Sohn des Krieges«. Ich bin nun der Sohn eines äußerst grausamen Krieges, den die Syrer derzeit erleben.

2

Das Schreiben über diesen Krieg ist schmerzhaft, sehr schmerzhaft.

Die Zahlen, die ich anführe, sind nur ungefähre Angaben, weil es keine präzisen Statistiken gibt. Ich stütze mich hier auf die Schätzungen, die die internationalen Institutionen und die internationalen und lokalen Hilfsorganisationen veröffentlichen. Seit Beginn des Krieges sind mehr als zwölf Millionen Syrer zu Flüchtlingen geworden, sei es auf der Suche nach einem sicheren Zufluchtsort innerhalb des Landes, sei es im Ausland, in Europa, in Nord- und Südamerika, in Australien und sogar in Japan. Sie gehören allen Altersgruppen an, allen Bildungsschichten und allen Berufsgruppen. Auch die Kulturschaffenden haben zu Tausenden das Land verlassen, unter ihnen Schauspieler und Musiker, bildende Künstler und Dichter, Journalisten und Schriftsteller. Hinzu kommen mehr als eine halbe Million Getötete und Verkrüppelte. In einem Augenblick der Verzweiflung und des Schmerzes frage ich mich, wie sie wohl getötet wurden? Auf welche Weise sie von einer der beiden Seiten ermordet wurden? Wurden sie von Scharfschützen getötet? Durch blindwütiges Schießen? Durch Granaten, die auf die Straße oder ihre Häuser fielen? Wurden sie unter den Trümmern ihrer Häuser getötet, die mit allen möglichen Waffengattungen bombardiert wurden? Wurden sie unter Folter getötet? Durch Chemiewaffen? Oder wurden sie getötet, indem sie auf ihrer Flucht nach Europa im Meer ertranken? Wurden sie durch die Klauen und Zähne von Raubtieren getötet, als sie sich in den Wäldern Europas verirrten? Sind sie in einem Lastwagen auf der Flucht durch Europa erstickt? Wurden sie von terroristischen Gruppierungen in Käfigen verbrannt? Oder von ihnen abgeschlachtet? Wurden sie ausgepeitscht oder gesteinigt? Oder wurden sie geköpft? Auf der ganzen Welt konnte man im Fernsehen sehen, wie Syrer auf all diese barbarischen Arten den Tod fanden.

Hinzu kommt der Zusammenbruch der Infrastruktur ... In der Stadt Aleppo, in der ich wohne, kam es zu einem erheblichen Rückgang der öffentlichen Dienste, der Krankenhäuser, Schulen und Universitäten. Es gibt kaum noch Strom und sauberes Trinkwasser. Hinzu kommt die Zerstörung der Landwirtschaft, der Industrie und des Kleingewerbes, während das Großkapital die Flucht ins Ausland antrat, wodurch das Einkommen der Syrer bis auf die niedrigste Stufe sank. Viele Teile der Bevölkerung leben unter der international anerkannten Armutsgrenze. Und die Syrer in den Flüchtlingslagern in der Türkei, im Libanon, in Jordanien und im Irak vegetieren unter elenden und demütigenden Bedingungen dahin.

Doch wenn ich in meinem Zimmer saß und durch die Stadtviertel Aleppos spazierte, habe ich vor diesem bestürzenden Bild die Augen verschlossen. Ich lief durch Viertel, die ich sehr gut kenne, weil ich jahrelang dort spazierenging. Ich bin gelaufen und gelaufen, bis ich müde wurde. Dann setzte ich mich ins nächste Café, um auszuruhen und eine Tasse Kaffee oder ein Glas Tee zu trinken. Dort unterhielt ich mich lange mit den Freunden über unser hartes und karges Leben, darüber, wie schwer es für die Männer ist, das tägliche Brot für ihre Familien aufzutreiben, über das mühselige Leben der Frauen zu Hause, über die Flucht der jungen Leute auf der Suche nach einem besseren Leben, über den Verlust der Zukunftsträume für die Kinder und und und ... Wenn ich daran dachte, fragte ich mich, warum die Syrer ein so grausames Leben führen. Natürlich kannte ich die Gründe. Und trotzdem stellte ich die Frage auch den Freunden, die die Antwort ebenfalls wußten. Doch wir trauten uns nicht, sie laut auszusprechen, nicht einmal im Familienkreis oder unter Verwandten und Freunden, denn wir alle kennen den altbekannten Spruch: »Die Wände haben Ohren.« Wir kennen die Gründe für das Elend der Syrer und für ihre Schmach. Wir lachen und versuchen zu witzeln und zu spaßen, dann schweigen wir, und ein jeder von uns geht in sich, um sich selbst die Ursache für diesen Schmerz zu erklären, für das harte Leben, für den Kummer darüber, daß uns die Tage wie Wasser durch die Finger rinnen.

Ich möchte hier die Gelegenheit nutzen und eine Begebenheit aus der Vergangenheit erzählen: Wegen einer Kurzgeschichte, die ich im Jahr 1996 zur Veröffentlichung an eine Zeitung in der Hauptstadt geschickt hatte, wurde ich von der Staatssicherheit verhört, zuerst in Aleppo, dann in Damaskus, um daraufhin zwei Wochen in einer Zelle von zwei Metern mal einem Meter in Haft zu verbringen. Man nannte es einen »Ohrkniff«, also eine kleine Strafe, die bei Wiederholung verschärft würde. Gleicht das nicht einer schwarzen Komödie? Ich glaube schon! Spricht man das Wort »Freiheit« aus, dann sollte man es besser nur ganz leise flüstern. Wehe, du äußerst es offen, so wie es die Syrer sechs Monate vor Beginn des Krieges taten, als die Menschen auf die Straße gingen und mit lauter Stimme »Freiheit und Würde« forderten. Wehe dir, du sprichst das Wort »Freiheit« als Forderung aus! Wehe dir, du bezeichnest »Würde« als dein Recht! Wehe dir, du protestierst und sagst: »Ich bin ein Mensch, und dieses Leben ist meiner nicht würdig!« Wehe dir, du fragst, warum du beobachtet wirst oder das Gefühl hast, beobachtet zu werden! Warum hältst du inne, wenn du mit einem Freund über die Korruption und die ständige Kontrolle sprichst, sobald sich euch eine dritte, dir unbekannte Person anschließt? Warum? Warum? Warum?

Manchmal schließe ich die Augen und traue mich nicht, sie wieder zu öffnen. Denn öffnete ich sie, sähe ich eine Zerstörung, die ohnegleichen ist. Zerstörte Häuser und Gebäude, zerstörte Geschäfte und Märkte, zerstörte Straßen und Brücken, zerstörte Kirchen und Moscheen … Geschlossenen Auges gehe ich weiter, um wieder zu sehen, was ich in meiner Phantasie sah, als Aleppo noch in seiner vollen klassischen Schönheit stand. Um die Kinder auf ihrem Schulweg zu sehen. Um die Männer zu beobachten, die nach einem langen Arbeitstag mit dem täglichen Brot für ihre Familien nach Hause kommen. Um die Volksmusik zu hören, die aus den Läden und Geschäften hallt. Ich sehe die Frauen, die über die Märkte der Stadt schlendern, einen Mann, der einen Esel führt, oder ein Kind auf einem Fahrrad. Und wenn ich meinen Blick hebe, sehe ich, wann immer ich möchte, einen klaren Himmel. Manchmal sage ich zu mir: »Los, geh hinaus, raus aus diesem kleinen Gefängnis, in dem du lebst.« Manchmal gehorche ich und verlasse die Wohnung und finde mich dann in einem

größeren Gefängnis wieder – dem, was von Aleppo übrig-
geblieben ist. Ein Gefängnis, in dem es von festinstallier-
ten und fliegenden Checkpoints, von Soldaten und Waffen
wimmelt, wo man sich nicht wundert, wenn ein Panzer auf
der Straße vorbeifährt oder in der Nähe Tausende Schüsse
für einen jungen Mann abgegeben werden, der an dieser
oder jener Front getötet wurde. Das alles ist völlig normal,
es ruft weder Fragen noch Verwunderung hervor. Eines Tages beschloß ich, einen Nachhauseweg ohne Checkpoints
zu suchen, und wenn es Stunden dauern würde. Doch es
gelang mir nicht, trotz der langen Umwege. Immer war da
ein Checkpoint, waren da Soldaten, Gewehre.

3

Das Schreiben über diesen Krieg ist schmerzhaft, sehr
schmerzhaft.

Eines Tages fragte ich mich, was ich eigentlich persönlich verloren habe. Die Antwort mag einfach erscheinen,
doch sie ist es nicht. Denn ich verlor, was alle Syrer verloren, manche weniger als ich, manche mehr. Aber wir haben alle etwas verloren, durch Tod, Vertreibung, Flucht,
Verhaftung, gewaltsames Verschwinden. Und manche verloren alles; alles, was sie besaßen.

Ich erinnere mich daran, wie mich meine Tochter im
August 2012 in Aleppo besuchte, nachdem sie nach dem
Eindringen von Bewaffneten in die Stadt nach Kobane ge-
flüchtet war. Plötzlich fielen drei Mörsergranaten auf das
Viertel, in dem ich wohne. Es war das erste Mal, daß das
in so großer Nähe meiner Wohnung geschah. Eine ging
ganz in der Nähe der Haustür nieder. Ich kann mich noch
gut daran erinnern, wie wir im Flur Schutz suchten ... Und

immer, wenn ich heute an den Gesichtsausdruck meiner Enkelin in jenem Moment denke, spüre ich, wie mir der Schauer des Todes in die Glieder kriecht. Sie schaute mich weinend an, als fragte sie: »Was ist los?« und malte – sie, die das Malen so liebt – fortan nur noch verkohlte Bäume, getötete Kinder, zerfetztes Spielzeug. Todunglücklich bat ich meine Tochter, mit ihren Kindern nach Kobane zurückzugehen, wo der Krieg damals noch nicht wütete.

Dieser Krieg hat meine Familie auseinandergerissen und in alle Welt verstreut. Die Kinder meines älteren Bruders wohnen jetzt in Kanada, in den USA und in Deutschland. Die Kinder meiner älteren Schwester leben in Deutschland, in Belgien und den Niederlanden. Mein jüngerer Bruder lebt mit seiner Familie in Deutschland. Auch meine Tochter lebt mit ihrem Mann und ihren zwei Kindern in Deutschland. Soll ich meine Augen wieder schließen, um meine Familie und Verwandten zu besuchen, ebenso wie das Grab meiner Eltern, das ich seit Beginn des Krieges nicht besuchte, weil es nicht mehr möglich war? Ja, ich schließe die Augen wieder ...

Morgens frühstücke ich mit meinem Bruder und meiner Schwester in den Städten, in denen sie Asyl gefunden haben, und manchmal sitze ich abends mit ihnen zusammen, und wir plaudern lange über das Leben abseits vom Krieg. Manchmal tadele ich die Tochter meines Bruders, die in Kanada lebt, und frage sie: »Warum hast du dir dieses weit entfernte Land ausgesucht? Warum bist du nicht zum Beispiel in die Türkei gegangen? Dann hätte ich dich und deine Familie besuchen können.« Wir lachen beide, und meine Nichte erwidert: »Wir haben dieses Land nicht gewählt. Man hat es für uns gewählt.« Natürlich frage ich nicht, wie sie das meint. Meine beiden Enkelkinder aber besuchte ich bei allen Anlässen, an ihren Geburtstagen und an Silvester, ich wurde zu einem Kind, und wir schauten gemeinsam Zeichentrickfilme an. Mein Enkel Adam sagte sogar einmal empört zu mir: »Opa, du benimmst dich wie ein Kind.« Dann bat er mich, ein bißchen älter zu werden, wenigstens so alt wie sie beide waren! Der Krieg hat einen Traum von mir zerstört: daß ich wieder zum Kind werde, um für immer mit meinen Enkelkindern zusammenzuleben. Denn ich fühlte mich schuldig, weil ich, als meine Töchter klein waren, nicht genügend Zeit für sie hatte. Ich war häufig nicht zu Hause, denn ich war in der Syrischen Kommunistischen Partei politisch aktiv, bevor ich sie vor mehr als dreißig Jahren verließ. Ich trat aus, als ich das Gefühl hatte, daß ich nicht den Armen meines Landes diente, sondern einer Gruppe von opportunistischen Parteiführern, die nur auf Posten und Vorteile aus waren. Ich wollte meinen Fehler wiedergutmachen und wieder zum Kind werden, um meine ganze Zeit meinen Enkeln zu widmen …

Und nun öffne ich die Augen, und was sehe ich? Nichts. Sie wurden zu zwei Tauben, die vor dem schmutzigen Krieg nach Kobane flohen, dann in die Türkei und schließlich nach Deutschland, um dort, in den Kölner Parks, mit ihren Eltern in Sicherheit zu leben. Das ist es, was ich persönlich erlitten habe in diesem Krieg.

Zum Schluß wünsche ich mir, daß dieser bis heute andauernde Krieg endet. Ich wünsche mir, daß jeder Syrer in seine Heimat zurückkehrt, in seine Stadt, sein Dorf, sein Haus. Daß die Syrer ihr Land wiederaufbauen. Daß sie Gräber ausheben, um ihre Toten angemessen zu bestatten, die Toten beider Seiten des Konflikts, und daß sie vor jedem Grab eine hochaufragende Zypresse pflanzen und diese mit einem Blumenbeet umgeben. Und daß der Frieden Einzug hält.

Niroz Malek   Aleppo, 11. Dezember 2016

Die französische Ausgabe, »Le Promeneur d'Alep«, erschien 2015.
Copyright: Le Serpent à plumes © Stockholm Monsters /
La Société du Moulin 2015. Die beiden Texte »Nur Wasser«
und »Briefe von Liebe und Krieg« sowie das Nachwort des Autors
sind in der französischen Ausgabe nicht enthalten.

Die Übersetzung aus dem Arabischen wurde von der
Kunststiftung NRW gefördert.

Dank an: Dinan Hesso, Nyazi Bakki, Dorothee Junck,
Heike Thelen, Philipp Seehausen, Rebecca Ellsäßer

© 2017 Weidle Verlag, www.weidle-verlag.de
Beethovenplatz 4, 53115 Bonn

Zweite Auflage
Lektorat: Kim Keller
Gestaltung und Satz: Friedrich Forssman
Einbandfoto (Tor an der Zitadelle von Aleppo): Cornelia Feyll
Schrift: Capita von Dieter Hofrichter
Druck: Ph. Reinheimer GmbH, Darmstadt
Bindung: Schaumann, Darmstadt
Materialien: Geese Alster 90 g/m² gelblichweiß,
Alster Cover 320 g/m² gelblichweiß

Die Deutsche Bibliothek – CIP-Einheitsaufnahme
Ein Titeldatensatz für diese Publikation ist bei
Der Deutschen Nationalbibliothek erhältlich.

Dieses Buch wurde klimaneutral gedruckt.
natureOffice.com | DE-077-134232

978-3-938803-83-7